谨以此书献给我亲爱的夫人陈祖英

纪宝成　著

樂齋詞

贰

選堂

纪宝成词集

團结出版社

本书作者与夫人陈祖英合影（2015 年）

《乐斋词·贰》自序

自人民文学出版社二〇一一年十月出版笔者的《乐斋词》（收词二百四十一首）以来，流年暗换的七八年间，竟又积得词作三百六十余篇。承蒙团结出版社支持，如今编辑成了《乐斋词·贰》呈献给读者。

苏轼在历经坎坷、年近半百时几次谈到「清欢」。他在《浣溪沙·细雨斜风》中说「人间有味是清欢」。何谓「有味」的「清欢」呢？他在《满江红·忧喜相寻》中钦佩、褒扬了「箪瓢未足清欢足」，这是用孔夫子赞扬颜回的事典以明心志：「一箪食，一瓢饮，在陋巷，人不堪其忧，回也不改其乐。贤哉，回也！」（《论语·雍也》）由是，苏翁之「有味」「清欢」，其实就是指即使在困苦、寂寞之中，也能淡然自处，随遇而安，自得其乐。这种「清欢」与物质生活的富足显然没有丝毫的联系。他在同时期写的《哨遍·为米折腰》中申明「富贵非吾志」；在另一首有关黄州快哉亭的《水调歌头》中，则在调侃中批驳宋玉当年为讨好楚襄王而将风分为「大王之雄风」「庶人之雌风」的谬论，慨然而又畅然地宣称自己是「一点浩然气，千里快哉风」！这是说，胸中有了孟夫子倡导的「至大至刚」的「浩然之气」（《孟子·公孙丑上》），超乎尘俗，襟怀坦荡，拿得起，放得下，自然自在，就会「琴书中有真味」，「但知临水登山啸咏，自引壶觞自醉」（《哨遍·为米折腰》），得「快哉风」而「清欢」无限了。

这种『快哉风』，在苏轼看来，大凡胸有浩然正气者，是人人皆可享有的，并无什么尊卑贵贱之分。如此看来，『清欢』者，乃精神生活之寄托、精神需求之满足；凡努力追求逸怀浩气、善于清心自处者，皆可为而得之。当然，这种『清欢』的形式必会因人而异。

而对于笔者，几十年间阅读、品味、赏析乃至习作古典诗词，一直是业余精神生活的一项主要内容，是精神需求的一大满足；到了如今『吾老矣，寄馀龄』（苏轼《江城子·梦中了了》）的岁月，则无所谓『业』之余了，这些也就成了我晚年自求『清欢』的主要形式。自己写作诗词这种特殊的『清欢』，会是那种通常所说的『言志抒怀』吗？这当然是有的，但更多的不过是一位老者的随境寄兴、遇事遣怀，或索趣求乐、怡情养性罢了，尽管这其中也包含有自己这一段时间的人生轨迹和心路历程，多少也折射点时代的斑驳印迹。

谨以《乐斋词·贰》的出版纪念我伟大的母亲梁文英去年诞辰一百周年！谨以此书献给我前年三月仙逝的亲爱的夫人陈祖英！愿她们在天堂安乐！

在《乐斋词·贰》出版之际，再次诚挚感谢国学大师饶宗颐先生为此书题写书名，对他驾鹤西去谨敬表深切的怀念之情。再次诚挚感谢国学大师叶嘉莹先生为此书作序（先生谦称『小言』）；尽管她年事已高，但对我的诗词活动则一直多有鼓励和支持，谨在此向她表示由衷的敬意！诚挚感谢笔者的亲朋、同学、同事、校友和我的孩子们，他们多种形式的鼓励和支持极大地丰富了我的诗词『清欢』。团结出版社和朗朗书房的编审、美工人员则对本书的出版付出了许多心血，这里一并表示诚挚的谢意。

恳切地期待着读者的批评教正。

纪宝成

二〇一九年夏

读纪宝成先生《乐斋词》小言

叶嘉莹

我今年已是八十八岁的老人，多年来目力减退，而且孤身一人来往于大洋两岸，工作极为繁重，因此早就对外做了不再为任何人撰写序言的声明。二〇〇五年，南开大学陈洪校长转下马凯先生的大作后，我因工作忙碌，一直拖延到了二〇〇六年七月才得交卷，幸得马凯先生的了解和原谅，我至今都对他感谢无已。今年九月中，我远自温哥华整理了数十年来在海内外讲课之音像资料，有九个纸箱之多，孤身一人携返南开，归来后得众同学协助整理多日，始得将我个人居处的狭小之空间略得料理清楚。而其间更曾因友人相邀，于九月下旬赴外地作了一次讲演，因此由陈校长转下的纪宝成先生之《乐斋词》之电子版，乃于近日始得请人代为打印出来，尚未及详细拜读，而上周陈校长邀聚，询及纪先生欲倩我为其词集撰写序言之事，我未能早日报命，深为歉憾。但个人之身体既已日益老衰，日常生活多赖自理，且内外之工作极为繁重，因此常感力有所不及，此亦人生一无可奈何之事也，惟祈友人多加谅宥耳。

纪宝成先生在学问事功等多方面之成就，固早已为世所周知，但我个人则只是一个终身从事古典诗词之教研的工作者，对纪先生多方面之成就，无能具述。但纪先生在国学与古典文化方面所表现出的关心和倡导，则为我之素所钦仰。犹记二〇〇五年中国人民大学在纪先生的领导下成立了国学院之时，我个人也曾忝蒙邀约，被聘为五位学术顾问之一员，而且曾应邀赴京，参加了人大国学院的揭牌开幕典礼，并在典礼中应邀作了简短的谈话。其后于二〇〇六年十一月又曾应国学院冯其庸院长之邀，专程赴京，在人大逸夫会议中心作了一次报告，而且为了配合国学院的教学宗旨，我所选的讲题乃是《小词中的儒家修养》，举引了清代常州派词人张惠言所写的题为《春日赋示杨生子掞》的五首《水调歌头》为例，对其中所寓示的儒家修养，作了相应的阐述。当时在讲演之前后，冯其庸院长曾作了极为恳挚的介绍和结论，与会之人大诸位师长和同学，也都表现了热情的反应。我从人大的热烈反应中，清楚地见到了纪先生倡导国学的成效。只不过当时我还未曾读到过纪先生自己的词作，我对他的认识还不过只限于他在办学方面的事功之成就而已。及至最近读到了他的《乐斋词》，方得进一步了解到纪先生在倡导国学的事功之外，固原有其自身平日对古典文化之一份兴趣与修养在也。

当我拜读纪先生这一册词集时，首先引起我之兴趣的，乃是纪先生何以取『乐斋』为此一词集题名的用意。当然，依一般习惯而言，『乐斋』自应是纪先生之书斋的题名。纪先生自己对于此一题名未曾作过解释，但若就其对国学与古典文化之热心倡导的作风来看，私意以为其题名之取义或者可以有以下的两种可能。我首先想到的是《论语·学而》开端的几句话，『子曰，学而时习之，不亦说乎，有朋自远方来，不亦乐乎』；其次我又想到的，则是《孟子·尽心上》中所曾提到的『君子有三乐』之言，以为『父母俱存，兄弟无故，一乐也；仰不愧于天，俯不怍于人，二乐也；得天下英才而教育之，三乐也』。《论》《孟》二书，固原为中国国学中之基础典籍，然则以纪先生之学养志意，及其多年来从事教育与对于国学之倡导而言，则其以『乐斋』题名之可以有以上之两种取义，自然也就是极为可能的了。如果说《论语》中所提出的『说』『乐』乃是就独善其身的君子之修养而言，则孟子所提出的『三乐』，便应是由一己之独善所扩展而出的一种在生活中之『兼善』的推广了。纪先生之词集以『乐斋』题名，证之于其平素之学养与事功，则吾人自可知其修养与志意之所在矣。

除去此一题名所引起的我之遐想以外，另有一点也曾引起我之注意者，则是纪先生所传送下来的作品，乃是仅有词稿，而并无诗稿。此就一般情况而言，固颇为罕见，意者纪先生之对于词体，必当有其独见与独钟之处也。我个人平日对词之为体，亦曾有所偏爱，因敢就个人一己之体会，略一说之。

夫词之为体，其起源与特色固曾早被前代学人加以多方之论述，推其原始，则词体之得名，原来固只不过但取其为合乐之歌词之义而已。然而词体既以其合乐之故，在形式上形成了其参差错落、长短多变之特美，于是豪杰之士遂能在摆脱了诗体严整之约束后，在词体中别开蹊径，作出了多方面的拓展。当词体逐渐脱离了歌唱的约束以后，乃以其特殊之形式发展成为了远非齐言之传统诗体所能限制的一种新兴的诗体。两宋之苏、辛开辟于前，虽曾被女词人李清照讥为『句读不葺之诗』，但其开拓变化之处，对词体之拓展实有极大之贡献。及至有明一代，虽因时尚所趋，词体颇有与曲体合流之势，或为后人所病，然而其生动变化之处，亦未始不可视之为对词体之开拓变化之另一进展。及至明清易代，当日之词人其遭际既各有不同，共为人之才性亦各有差异，所以乃造就了如叶恭绰在其《广箧中词》中所说的『丧乱之余』，『蕴发无端』，『分途奔放，各极所长』的清词中兴之盛。当时的大词人陈维崧在其《今词苑·序》中遂对词之为体提出了『海涵地覆』『为经为史』的说法。及至现当代以来，既有白话文学之提倡，其严格遵守旧格律来写作旧诗词者虽自表面看来似颇有减少之势，但词之生命则反因有白话文之一体，乃更发展为古今文白无施不可的一种新变之风格，于是亦更有新鲜活泼之致，虽历经种种之文化变革而其生机之充沛则依然未减，既有毛泽东先生以其过人之气魄襟怀写出了千古不世的雄篇钜作，于是新时代乃形成了一种词体之新风格与新气象。纪先生既具新时代之精神，更对旧文化有倡导之热心，故其写之于词，乃有古今新旧兼容并蓄之妙。在内容方面既写有『深山背柴』之不平凡的艰苦经历，也写有全家游园的幸福生活；既写有拆除陋烂房之决心，也写有乔迁之喜的欢庆；既写有汶川地震之劫难，也写有亚马孙河之壮游；既写有对《富春山居图》合璧的对古典之关怀，也写有两个小外孙之童心稚趣。其词作内容之多，含蕴极广，凡此种种自非传统旧词之闭守书斋吟风弄月者之可相提并论。我今已届老耄之年，得读新时代的新风格与新内容之作品，对中国传统旧诗词之生命的历劫长存代有新声既深怀欣喜之情，而瞻望未来，则在新中国的新建设之下定当更有集大成之新声的出现。拜读纪先生大作之余，对于在其领导之下的国学院之同学其将写有既具新风格更兼旧传统的融汇古今之作有厚望焉。

自注：本文系叶嘉莹先生在笔者词稿《乐斋词》二〇一一年在人民文学出版社出版前所作，给予笔者莫大鼓励。

《乐斋词》自序

还在初中时代，我就对中华古典诗词或称中华传统诗词有了点兴趣，并偶尔还不知深浅地学仿『古体』写几句所谓的『诗』。在即将进入高中阶段学习的那个暑假，我就曾仿『忆江南』词体写了一首似词非词的小诗：『晚饭罢，独自坐窗口。纷纷思绪沉沉意，化作秋风扫瘦柳。暮入奎光楼。』用以寄托我怀念仪征县中学初三乙班同学的不舍心情，至今读来似也还有点味道。但那个时代并不提倡古典诗词，自然我也就无缘于这方面的正规教育，只是偶尔听文学课老师在讲解课本上的唐诗时提及过『一三五不论，二四六分明』。然而，『爱好』却具有巨大的魔力，驱使我无论学业忙闲也要看点能找得到的数量很有限的古典诗词。

到了大学，作为农村来的孩子，我终于有条件接触到更多的诗词作品，并自学了点诗词格律方面的知识，日积月累，朦朦胧胧地竟也渐渐有了点感觉。『文化大革命』开始了，我作为北京商学院毕业班学生因『站错队』『学生干部』和所谓『家庭出身』问题，被扣上『钢杆老保』『修正主义黑苗子』『孝子贤孙』等罪名受到多次批斗。终于，一九六七年晚春时节，『造反派』们对我失去了兴趣，我因而也就有了『躲进小楼成一统』的机会，从可怜的伙食费中硬抠下点钱买了张公交月票，天天带着两个馒头充当午餐，早出晚归往返于学校与北京图书馆（即今日的国家图书馆，时在北海公园西侧）之间，整整钻研了一个月的诗词格律以及相关著作，做了不少笔记，可谓获益匪浅。如果说我今天在古典诗词方面有一点功底的话，那还得感谢那一个月的工夫！自然，从那时以来，品赏古典诗词的情趣，以及偶尔习作所产生的自怡自乐、自赏自慰的『成功感』，总是鼓励着我不能忘怀古典诗词，时光荏苒，竟至成了我一生的业余爱好。

在我看来，词，作为中国古典文学的精华形式，是对汉语言文字最精致的运用。所谓『声有飞沉，响有双叠』『异音相从谓之和，同声相应谓之韵』等，固然普遍存在于我国古典诗词之中，而在词中则是得到了最完美的体现。汉字区别于世界上任何文字，其显著特征，一是方块字，二是一字一音，三是一音又有平、上、去、入四声（现代汉语的普通话则为阴平、阳平、上声、去声）。方块字、一字一音，就为按一定格式形成整齐一致的文字排列和语音表达提供了可能；同音韵的字放在不同语句的同一部位而形成的『押韵』，则会构成声音的回环美；而四声按平仄声区分为两类，在同句中平仄交替，在对句中平仄相对，就又构成了汉字所特有的平仄谐和、抑扬顿挫的语音美。我国的传统诗词歌赋包括民歌乃至打油诗，都是与汉语言文字的这些特征紧密相关的，因而具有强大的无穷生命力。古代如此，当代亦然。这是不可能因什么文化文学思潮抑或哪位权威专家的好恶褒贬而改变的。近代以来随同『西学东渐』而出现的仿西方诗体的『新诗』，本质上是与西方语言文字的特征相契合的，尽管『中国化』了，但也不可能、当然也不应当试图去取代由汉语言文字所内生出来的、与汉语言文字相精妙契合的中国传统的诗词歌赋。以『新诗』排斥中华传统诗词这种令人不解的时代现在似已悄然结束了，但从中该总结出点什么，也未必不是必要的。

由此我总是以为，作为中国文学百花园中的一朵奇葩，中华传统诗词在社会主义文化繁荣中无疑拥有不可或缺的重要地位，并焕发出绚丽光彩。而要如此，就应以多种形式提倡和鼓励古典诗词的创作、发表、赏析和评论；古典诗词的创作则应力求严格遵循格律要求，尤其是『近体诗』的诗作和词作。词作，理当按谱填作，按词谱和词韵讲究句型、平仄、押韵和必要的对仗；偶有出『格』者（不包括按例可破格者），也当实属无奈，最好还应有所补救。只有这样，才能使中华传统诗词得以原本面目绵延不绝流传下去。『创新』当然可以，但那应该是另一种诗体了，就如同『词』以后有了『曲』一样。我所不赞同的，是『指鹿为马』式的一类牵强附会。

我是中华古典诗词的爱好者，也是偶一为之的习作者。『兴趣』『业余』是我习作的两要素。数十年来，阅读、品味、欣赏乃至习作古典诗词，一直是我业余生活的主要内容之一，是精神食粮的满足，也是生活内容的多彩，并引以为清雅而怡然自得，个中的乐趣真个是难与他人言！夜晚、清晨，尤其是出差途中，我的许多业余时光都花在浏览诗词上了，有了感觉、来了情绪时也会偶尔习作一首以自怡自娱。习作要遵循格律，则是我一以贯之的坚持。偶有『出格』之处，有不得已，亦有力不及所致。至于水平，也只能是『业余』的标准了，常以『自怡自乐』为满足。当然也想有点『意境』，有点『旨趣』，有点『厚重』，有点『品位』，但终归学养太浅而力不从心，也就常以『业余』自劝自谅，长此以往，也就大多流于平平了。不过，我是赞同『述志为本』『为情造文』『情动于中而形于言』『言以文远』这类文学主张的，相信『繁采寡情，味之必厌』，欣赏『风清骨峻』『结言端正，意气骏爽』。而这一切，只能是自己的追求、向往罢了。我习作中的某些篇什若能有这些说法的一点点影子，也就足可自慰了。

这是一本词集，是我古典诗词习作中绝大部分词作的结集，计有二百三十八题、二百四十一首，其中约半数曾收入我的《岁月诗痕》（中国人民大学出版社二〇〇七年十一月版），也有一些曾发表于《光明日报》《诗刊》《中华书画家》《人民日报》等报刊。这些跨越一九六七年十月至二〇一一年八月、历时四十四年的词作，多为因事因景缘情而发，人们或许能从中窥见、体悟到我们这一代人的岁月痕迹、心路历程和时代足音。

这本集子取名《乐斋词》，缘自笔者附庸风雅，将自己居所中的书房冠以了『乐斋』。而以『乐斋』名之，实乃笔者一生笃信：随遇而安，安则乐；事在人为，为则喜。更有先贤先哲曰：『学而时习之，不亦说乎？有朋自远方来，不亦乐乎？人不知而不愠，不亦君子乎？』『知者乐水，仁者乐山』；『贫而乐道』；『与人乐』『与民同乐』；『先天下之忧而忧，后天下之乐而乐』。而孟子的『君子三乐』之『得天下英才而教育之』，笔者作为大学校长，感悟尤切。

何其幸也！学界耆宿、国学大师饶宗颐先生为拙作题写书名，国学大师、诗词大家叶嘉莹先生为拙作挥笔作序，实乃莫大褒奖与鞭策矣！有幸如是，夫复何求？笔者仅在这里深致谢忱。

词集的出版，我要感谢我的家人，夫人陈祖英不仅从来都是我诗词作品的第一读者，也不只是随时帮忙打印手稿，还创造了我更多的『业余』时间用于诗词；孩子们自然也是有求必应的。我也要感谢我的亲友、同事们，他们往往是近期作品的主要读者并给了我诸多鼓励（在过去很长时间里我的诗词习作除个别外是从不示人的），有的还参与了这本集子的编辑整理工作，他们之中有我的姐姐纪宝龙、姐夫程立冬，有吴光、李湘、黄朴民、刘向兵、胡娟、侯书栋等。当然，我还要感谢中国人民大学出版社、人民文学出版社，两社联手出繁体字、简体字两个本子，令我感动不已。

文学作品一旦出版，就不再只属于作者自己，而要任由读者品评了。这本集子若能触发读者某种思绪，引发读者某种心情，不论是忆念、感叹、遐想、共鸣，抑或带来愉悦、慷慨、温婉甚或苦涩什么的，那我担心拙作误人时间的惴惴不安的心境大概方可安宁些许。

谨请读者批评。

纪宝成

二〇一一年九月二十二日晨

自注：本文系笔者词稿《乐斋词》二〇一一年在人民文学出版社出版时所作。本次收录，一仍其旧。

目录

【减字木兰花】

日内瓦大学孔子学院揭牌

二〇一一年十一月九日晨于日内瓦洲际饭店

会商签字，又是一桩天下事。情动莱蒙，月色波光别样浓。

致辞典礼，宾客一堂人尽喜。丝竹声声，播撒心香万里程。

自注：莱蒙，莱蒙湖；丝竹声声，指中国人民大学学生艺术团民乐团到现场演出。

【清平乐】

谢卫兴华教授

二〇一一年十一月十一日晨于意大利博洛尼亚

手机短信，盛誉何堪领？谢得卫公多奖训，对镜慨然双鬓。　追求一路艰难，几多克险攻关。往事纷纷远去，胸中每每波澜。

题注：二〇一一年十月三十日晚，著名经济学大家、中国人民大学荣誉一级教授卫兴华先生为笔者即将离职事发来超长手机短信，令我十分感动，出访途中仍不能忘怀。短信全文如下：『尊敬的纪校长：您好！我是卫兴华，知道校领导要换届了，不知人大将来发展的命运如何，希望能继续前进！我是从人大建校迄今一直走过来的！目睹了学校的兴衰变迁。历届校领导中受人尊敬的有多人：如吴老、郭影秋、成仿吾等。但我感到最有开拓精神、在人大特定历史阶段使人大由衰转盛，走上今天振兴局面的，当属纪校长。您任职时没有『老资格』本钱，没有省部级头衔，也没有老人大资格，单凭您的才能、治校理念和勇挑重担的精神，开拓了人大新发展的新局面，有明显建树！无论学科建设、校园建设、科研建设、国际交流建设、扩大人大在海内外的学术地位和影响等等，是有目共睹的，您的学术水平也有较多较好的展示，人大校长这个平台，既使您成就了人大，也使人大成就了您，您有理论和评论勇气，敢于直抒见解和意见，又有有水平的学术论著，获得了海内外的学术地位。您退居二线后依然可以发挥作用和影响！您从人大调教育部时曾打电话给我，征求我的意见，调回人大任校长前又电话告我，感谢您对我的信任。在您将离职的今天，我有时光难留、人事变迁难料的感叹之情，又有您为母校贡献良多的感谢之意！预祝您将来获得更多的学术成就！也望继续为人大的明天奉献智慧和才能！』

【捣练子】

依夫岛

二〇一一年十一月十三日傍晚于马赛老港

残忍惨，数依夫。城堡狰狞一岛孤。石道高墙皆罪恶，波涛汹涌悼囚徒。

题注：依夫岛面积仅三公顷，位于法国马赛老港外海。小岛上的依夫堡竣工于一五三一年，不几年由城防堡垒改为监狱，此即为大仲马名著《基督山伯爵》中主人公唐太斯被囚禁的监狱原型。

【诉衷情】

接受名誉博士学位

二〇一一年十一月十五日晨于蒙彼利埃假日酒店

历史悠久的法国蒙彼利埃第三大学于十一月十四日十八时隆重举行仪式，授予笔者名誉博士学位。这是笔者被授予的第五个海外名誉博士学位。

嘉言敬语史如诗，往昔又依稀。学袍一袭身上，热烈会堂时。

高贵事，壮心驰，眼眉低。此生何幸？意气书生，誉接中西。

【眼儿媚】

夜临维湾

二〇一一年十二月十六日午夜于香港君悦酒店

十年弹指一挥间，信步又维湾。万家灯火，幽幽大水，闪闪波澜。依然人在凉风里，无语漫凭栏。朦胧夜色，旧游往事，眼醉心闲。

题注：笔者应邀赴港参加香港大学一百周年庆典，得有携伴再临维多利亚湾夜游之乐，距离上次维湾夜眺已过去整整十年了。

【青玉案】

冬日参事室会议

二〇一一年十二月二十三日下午广州至北京航班途中

十二月十九日至二十二日，在广东龙门县地派温泉酒店参加国务院参事室特约研究员工作会议。

晴空碧透阳光路，但满眼、冬何处？翠竹苍杉青绿树。层林怡目，野坡闲步，华厦深山户。

苍颜一众何迟暮？策论精言畅怀诉。过往而今知几许！用情浓烈，用心良苦，喜旧知今雨。

【西江月】

贺冯其庸先生《瓜饭楼丛书》出版

二〇一二年一月五日晨于百旺家苑乐斋

恰似登山观海，犹如览秀临芳。仰观俯察好风光。我欲壮歌吟唱。

眼底风云世界，胸中锦绣文章。文心文胆铸辉煌。一代宗师气象。

【捣练子】

晨院清明春意图

二〇一二年四月四日（清明）晨于百旺家苑笑闹轩

晨院静，晓林清，踱步声声听鸟鸣。一抹朝阳涂嫩绿，
枝枝樱蕾俏天晴。

【踏莎行】

赏春

二〇一二年四月七日晨于百旺家苑乐斋

连翘多情，柳丝献舞，分明已是春光吐。流年飞逝最悄悄，群花次第争相诉。

早起观花，晚来闲步，何能唤取春同住？自由自在总随心，鸟鸣不必知来处。

【临江仙】

夜步紫金山庄

二〇一二年四月二十六日晨于南京紫金山上

千里金陵多慨叹，平生塞北江南。流年弹指一挥间。夜来闲步走，无语路弯弯。

叹息一声心下事，抬头新月纤纤。苍茫暮色紫金山。林深曾驻足，临水未凭栏。

【画堂春】

过洪湖

二〇一二年五月十日晚于武汉至北京航班途中

波平如镜映天光，水空一色汪洋。舟飞唯觉淼茫茫，总是前方。围网渔船隐现，近边水道悠长。芦苇蒿草送清凉，舟缓人昂。

题注：五月十日上午乘汽艇由南岸至西北岸横渡洪湖，舟行四十五分钟。洪湖，我国第七大淡水湖，约三百五十平方公里，常年蓄水约十亿立方米。

【诉衷情】

又赴欧洲

二〇一二年五月十八日晨于北京至法兰克福国航航班途中

受国家汉办、孔子学院总部委托，率团赴欧洲西法德英四国首探实施『新汉学计划』。

一机万里又欧洲，重任在肩头。倾心灿烂文化，创制促交流。身已退，鬓深秋，意还稠。目移窗外，净净青天，浩浩神游。

【清平乐】

百年施工中的圣家大教堂

二〇一二年五月二十日清晨于巴塞罗那

百年功壹，风采雄姿激。处处浓彰高迪迹，全是圣经消息。

施工机臂高昂，塔尖直指苍茫。叹羡专情信仰，恢弘宗教文章。

自注：高迪（一八五二—一九二六），西班牙著名天才建筑设计师。以高迪为主设计的神圣家族大教堂于一八八二年开工建设，工期至今已达一百三十年。据称，还要三五十年才能竣工，也有说到高迪逝世百年即二〇二六年可竣工。该教堂至今虽未完工，但已是巴塞罗那著名城标之一。

【渔歌子】

游阿尔罕布拉宫

二〇一二年五月二十一日清晨于格拉纳达

异教兴亡叹废宫，从来王事转头空。城堡耸，暮云重。文明冲突又西东。

题注：阿宫位于西班牙格拉纳达市，一四九二年为天主教占领，从此结束了伊斯兰教自公元七一一年起对伊比利亚半岛长达八个世纪的统治，该王宫也就被称为西欧历史上最后一个伊斯兰教堡垒。

【念奴娇】

夜游塞纳河

二〇一二年五月二十五日晨于巴黎威斯汀酒店

二十四日晚，代表团一行于二十二点半登舟夜游塞纳河。

华灯璀璨，直消退、淡淡一弯新月。两岸连绵名厦满，经典目难闲接。虎卧卢浮，龙盘圣院，夺眼雄姿列。晶莹铁塔，冲天神造仙设。　眼前尽是繁华，不堪回首，往事挥难别。掠夺殖民欺四海，祸我京华尤烈。碧水浮尸，广场头断，多少人间血。暗思遥想，夜阑灯火明灭。

【渔歌子】

登莱比锡大会战纪念塔

二〇一二年五月二十九日下午于莱比锡至柏林汽车途中

甩手登高一百旋，难能了却战当年。遥望远，笑声喧。

登临最爱绿无边。

题注：莱比锡大会战纪念塔，为了纪念一八一三年十月十六日—十九日在莱比锡城门口爆发的民族大会战而建造。该战役中，以俄国、奥地利、普鲁士、瑞典组成的联军打败了拿破仑统帅的法军。它是欧洲最大的纪念碑，是莱比锡城标之一。

【忆江南】

晨步伦敦海德公园

二〇一二年六月三日晨散步于海德公园途中

无穷尽，全是绿荫浓。路上伞轻浸细雨，水边步健沐晨风。惬意自由中。

【浣溪沙】

出席爱丁堡会议

二〇一二年六月八日爱丁堡—法兰克福—北京航班途中

雨爽风清景亦奇，爱丁堡上眺东西。无遮无碍醉参差。

冷暖相宜春意漾，风云际会壮心驰。一腔热烈会场时。

题注：欧洲地区部分孔子学院工作研讨会于二〇一二年六月六日至八日在英国爱丁堡举行，笔者与会并于八日上午闭幕式上受国家汉办委托作介绍『新汉学计划』的大会发言。

【采桑子】

晨步乐湖边

二〇一二年六月十三日晨于苏州人大国际学院

清心独步湖边好，绿水涟涟，荷叶圆圆，新蕾尖尖竞欲先。

回廊曲岸无人迹，且自新鲜，尽享天然，不负晨风小弄拳。

题注：乐湖，位于中国人民大学苏州校区，人工挖就，笔者命名。

【忆江南】

游龙进溪

二〇一二年七月四日晨于宜昌灯影峡宾馆

江流外，细细一溪斜。翠谷深深天一线，清流汩汩瀑飞花。世外有人家。

题注：龙进溪，位于宜昌『三峡人家』景区。

【水调歌头】

喜『老九』重聚

二〇一二年七月八日午于宜昌至北京航班途中

暑热又何惧，旧地任优游。携来『老九』重聚，旧迹觅残留。四十三年过去，往事依然在目，感慨在心头。相视涌酸楚，谈笑话春秋。

茶园绿，山林密，大江流。推敲山水形胜，一路未曾休。愉目峰青溪秀，危步高坡险径，老去激情稠。喜庆身犹健，自在一无求。

自注：『老九』者，『文化大革命』中对知识分子之蔑称也，意为列『地富反坏右』、叛徒、特务、走资派之后，居第九位之批判对象，俗称『臭老九』。一九六九年一月至一九七〇年十二月，含笔者共八位被分配到宜昌县县直机关工作的六六届大学毕业生（一九六九年十二月又增加三位）被安排到西陵峡畔大山深处的县邓村茶场劳动锻炼『接受再教育』，饱尝艰辛。四十三年后的今天，我们当年的八位『老九』相约重聚宜昌，穿行西陵，再到邓村，抚今追昔，感慨万千。

【生查子】

京城暴雨灾

二〇一二年七月二十八日晨于北京百旺家苑

竟有七十七人命丧七月二十一日京城暴雨灾，不禁悲从中来。

何事怒天公？泼雨豪如注。浊水任荒唐，多少灾情处！

现代大都城，脆弱藏忧苦。遗恨几时休，忍泪悲无语。

【满江红】

拜谒伏羲庙

二〇一二年八月五日于北京百旺家苑乐斋

七月三十日下午，笔者在甘肃天水拜谒伏羲庙，难能忘怀。

殿宇端庄，垂千古、沧桑气色。寻古柏、伏羲征信，女娲消息。一画开天人道定，八荒开物生途辟。理混沌、创世肇文明，东方白。

文垂宇，涵太极。人俯仰，乾坤熠。说同天地准、有谁疑易？步入门中神采焕，目驰故里心潮激。豪气起、想我大中华，全身力！

题注：甘肃天水，古之秦州，人称『羲皇故里』。城内伏羲庙始建于明成化十九年（一四八三年），明清间曾九次重修。正门悬明代胡缵宗题书『与天地准』匾额。伏羲，位三皇之首，是中华民族最为尊崇的人文始祖。

【摊破浣溪沙】

舟行黑龙江源头

二〇一二年八月八日晨于漠河北极村贵宾楼

八月七日（立秋）下午，笔者一行舟游黑龙江源头江段。

目极双河共一江，黑流奔涌逝茫茫。人迹杳无原或始，莽苍苍。着意青山林野绿，无心船尾浪花黄。雨打中俄交界处，透秋凉。

题注：额尔古纳河与石勒喀河交汇合流处为黑龙江源头，南侧为我国漠河境。

【减字木兰花】

闷热天

二〇一二年八月十九日于北京百旺家苑乐斋

闷热天气，今夏犹盛。

推窗望远，四下雾霾阴满脸。渴望清凉，屋外房中热闷长。偷闲避燥，偏有疯狂知了叫。整理心情，且把清歌细细听。

【捣练子】

讲演公共管理教育会议

二〇一二年八月二十五日午后于大连星海假日酒店

无用稿，劲音洪，要义舒言讲演中。敢带问题深破入，会场一派掌声同。

题注：全国公共管理硕士教育指导委员会工作会议和全国高校公共管理学院院长联席会议，八月二十四—二十五日在大连相继召开，一百二十九所大学的院长和二十多位教指委委员参加会议，笔者作为教指委副主任委员先后在两次会议上作主旨发言。

【水龙吟】

大学同学相识五十年聚

二〇一二年九月一日午后于京西杏林山庄

密林绿野云天，青山满目秋无际。四方热客，殷殷团聚，当年学子。植物园中，杏林庄上，远情近意。半百年过去，秋翁霜妪，笑相望、从前味！　多少青春年少，恨西风、落红消翠。何堪往事，是非功过，几多劳累。慷慨从容，酸甜苦辣，人生如此！正秋风送爽，凭高远眺，共西山醉。

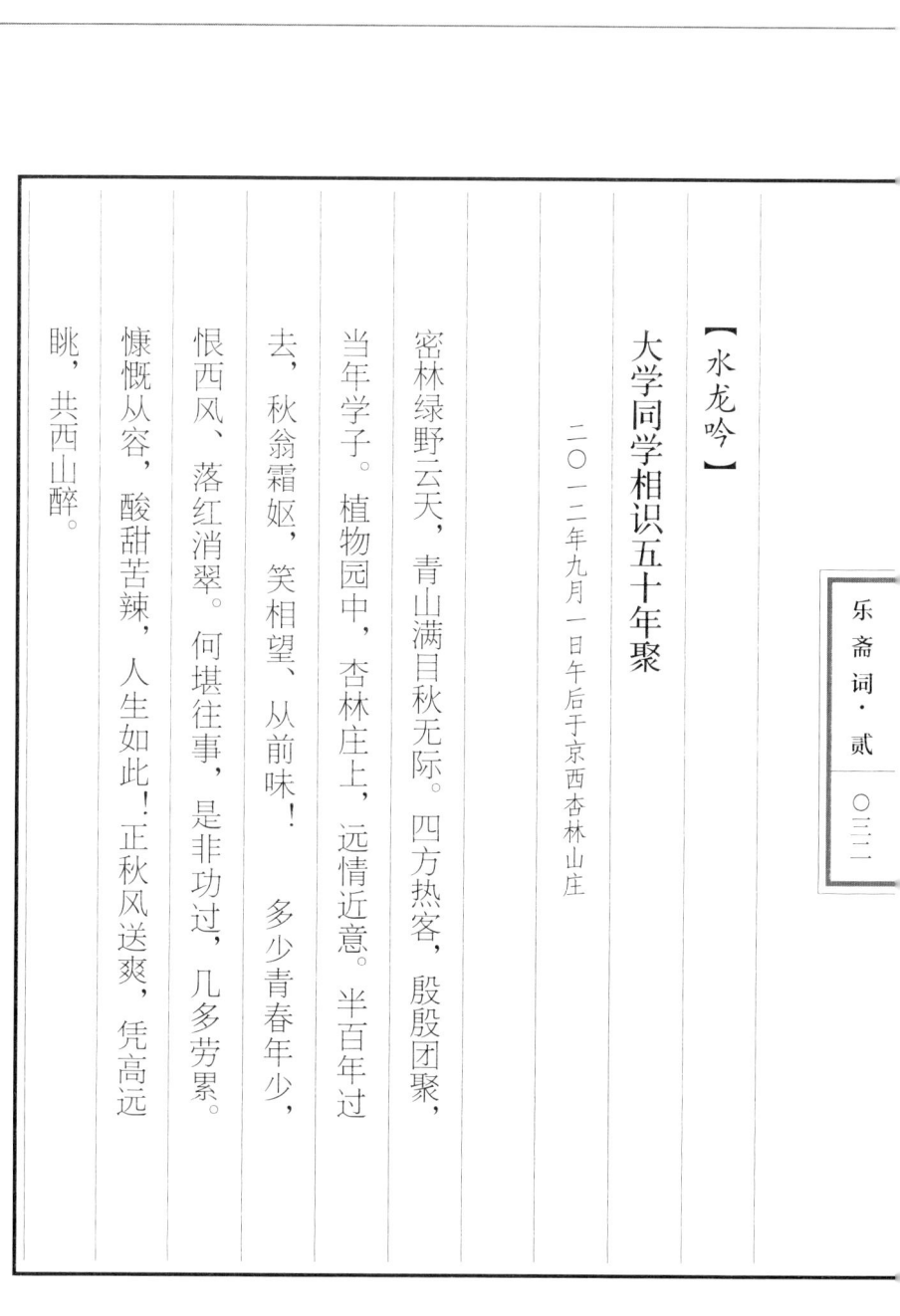

题注：北京商学院六二二一班同学为纪念相识五十周年，八月三十一日至九月二日团聚于京城西山之麓。笔者偕老同学苏志平、王琴素等发起组织了此次难忘的人生之聚，共有二十九位同学参加，大家激动、感慨不已。

【忆秦娥】

讲演中华文化

二〇一二年九月五日晨于大连康莱德酒店

如泉溢，用心讲演声情激。声情激，一腔忠勇，满场屏息。风流闲却谁追惜？年来岁去谁寻觅？谁寻觅，满堂青发，满天凝碧。

题注：九月四日上午，笔者在国家汉办于大连外国语大学举办的第六期孔子学院中方院长培训班上作《谈谈中华文化走出去》讲演，反应热烈，大受欢迎。

【西江月】

橘子洲头瞻仰毛主席塑像

二〇一二年九月十五日上午于长沙至洪江汽车途中

兼复柳思维教授。

眉锁湘江北去，眼凝橘子洲头。洪波激荡意方遒，多少风狂雨骤！

着意一川碧水，无心两岸高楼。当年击浪遏飞舟，试问有谁能又？

【江城子】

到芷江

二〇一二年九月十六日于湖南芷江境

铄今震古铸辉煌，抗倭坊，受降堂。华夏扬眉，骄傲在芷江。血染中华英烈事，家国恨，刻心房。

前门有虎后门狼，望东洋，寇顽狂。贼心不死，窃岛乱涯疆。亿万神州同敌忾，捶案起，立东方！

【眼儿媚】

壮游张家界

二〇一二年九月十九日晨于张家界大成酒店

崇山叠翠接苍穹，千仞竞奇峰。嶙峋雄起，冲天峭立，鬼斧神工。天然盆景仙家境，览胜步从容。惊呼指点，放声谈笑，绝壁云中。

【虞美人】

归来乐

二〇一二年九月二十四日晨于北京百旺家苑乐斋

透窗竹影舒摇曳，独坐清幽里。碧螺香细一壶茶，抱得经书术著日西斜。

归来往去心闲却，爽净安沉寞。春花秋月逝匆匆，又见青山如壁夕阳红。

【清平乐】

又到汪庄

二〇一二年九月二十七日晨于杭州汪庄一号楼

九月二十六日，与黄朴民教授夜话于汪庄西子湖畔。

情归何处？寂寞无行路。依旧当年花木树，斗转星移谁驻？　满园浮动幽香，桂华时节汪庄。坐拥清风明月，盈怀水远山长。

【踏莎行】

杭州满觉陇赏桂

二○一二年九月二十八日夜于杭州汪庄五号楼

桂雨娑娑，暗香阵阵。金花纷落银花盛。静心缓步避车流，清幽深处人尤振。

快意芳华，尽情滋润。此时错失他时恨。分明已是绝佳时，把杯淡坐无相问。

自注：满觉陇，杭州西湖南的山谷。

【菩萨蛮】

游杭州云栖小镇

二〇一二年九月二十九日于杭州赴扬州汽车途中

石阶斜上通幽路，云栖雾散玄黄处。碧色透苍穹，遍山毛竹丰。

清新凉世界，悦耳惟天籁。徒步慢悠悠，神仙也慰留。

【蝶恋花】

中秋节夜舟瘦西湖

二○一二年十月一日晨于扬州迎宾馆二号楼

九月三十日中秋夜，皓月当空，我们与姐姐纪宝龙两家人共同泛舟瘦西湖，其乐无穷。

飞镜金轮谁确切？浩浩清辉，万里俱澄澈。画舫轻移穿皎洁，瘦西湖上盈盈悦。应是杜郎桥上月，更有坡公，把酒中秋节。无限亲情心自阔，亭台柳影和圆缺。

【浪淘沙】

登高赏纽约夜景

二〇一二年十月九日于纽约至普林斯顿汽车途中

十月八日傍晚，国家汉办『新汉学计划』代表团一行登顶洛克菲勒大厦观赏纽约夜景。

人涌竞凭栏，灯海无沿。金银闪烁漫浮天。频举相机难入镜，鼎沸人欢。

璀璨地天间，绝世雄观。登临点指说争攀。满眼辉煌如是景，心底波澜。

【诉衷情】

旧金山观日落

二〇一二年十月十七日晨于旧金山赴洛杉矶航班上

金红灿烂正西方，日落太平洋。苍茫大宇霞染，远近沐余光。

闲散步，赏辉煌，暗思量。感时怀远，翘首临风，兀自清凉。

【调笑令】

沧海新月

二〇一二年十月十九日晨于夏威夷王子酒店

清洁，清洁，碧海青天澄澈。一弯新月如钩，孤独可曾怨幽？幽怨，幽怨，夺目晶莹无艳。

【相见欢】

晚秋意浓

二〇一二年十一月三日夜于百旺家苑乐斋

写在『纪宝成国学教育基金』成立之际。

清心漫步园中，晚秋浓，最是梢头黄绿晚来风。　身已退，名还贵，步从容。更有中华文脉透心红。

附记：十一月二日『纪宝成国学教育基金』在中国人民大学举办的全国国学院院长论坛开幕式上宣告成立。

【浣溪沙】

参加第三次世界汉学大会

二〇一二年十一月五日夜于百旺家苑乐斋

雨雪风霜盛会开，群贤毕至五洲来。新兴汉学筑平台。　远虑深谋谈计划，精言大义话和谐。人逢盛事壮抒怀。

附记：第三次世界汉学大会十一月三日—四日在中国人民大学举行。笔者于三日下午在国学馆会议厅作『孔子新汉学计划』说明，四日下午在逸夫堂作闭幕讲话。

自注：『雨雪』句，会期的三日夜，京城风雨雪交加，局部暴雪。

【虞美人】

游通山隐水洞

二〇一二年十一月三十日下午于通山至武汉汽车途中

高宏开阔山中洞，十里幽长梦。冰雕玉琢扣心弦，满眼神奇造物感恩篇。

龙宫神殿何堪比？气象年华里。驰眸流意自然中，一路歌吟此洞天下雄。

附记：新近开发面世之湖北通山隐水洞，全长五千一百八十米。洞体雄伟开阔，幽深莫测，气象万千；洞内地貌奇特，景观丰富，水流充沛，洋洋大观之满眼钟乳，令人叹为观止。游其中，全程三分之一船行，三分之一车行，三分之一步行，沿途景随人移，赏心悦目，令人快感盈溢。予观夫，其洞穴之观赏性实乃罕见，或可称国内第一。

自注：『气象』句，据介绍，该洞洞龄约一百五十万年，钟乳景观则形成于五十万年以前。

【卜算子】

冯其庸学术馆开馆仪式

二〇一二年十二月九日于无锡惠山区前洲

悦目绿香樟，温暖冬阳好。各路专家客八方，仰敬前洲到。

一馆尽丰功，震撼艰辛道。锣鼓喧天喜庆时，只为先生笑。

题注：二〇一二年十二月九日，坐落于冯其庸先生家乡——江苏无锡市惠山区前洲的冯其庸学术馆，举行隆重热烈的开馆仪式，笔者有幸应邀参加，并代表中国人民大学致辞。

【一点春】

七仙岭

二〇一二年十二月十四日凌晨于海南七仙岭君澜酒店

浓荫凉意满，曲径幽步迟。七仙岭下仙何处？泡得温泉待月时。

【卜算子】

会外品赏七仙岭

二〇一二年十二月十四日午后于海南七仙岭君澜酒店

满绿映山花，姹紫嫣红斗。曲径通幽野莽中，人比芭蕉瘦。　惬意泡温汤，小酌山兰酒。屏息徘徊品鸟鸣，忘却槟榔秀。

题注：此时笔者正参加国务院参事室特约研究员工作会议，并于十二月十四日上午就『共同富裕』问题发言。

自注：山兰酒，为当地产山兰米酒，般甜可口。

【永遇乐】

迎新年

二〇一二年十二月二十六日晨于北京百旺家苑乐斋

千古江山，新元又始，万物春动。气象新鲜，风流总是，应运和时共。长城内外，大江南北，一派复兴潮涌。登高望，红旗续举，暗彰睿智神勇。　百年奋斗，百年期盼，了却百年陈梦。变革艰辛，长征坎坷，一路图强颂。乾坤整顿，风云奔走，正道齐心万众。扪心问：廉颇老矣，已成饭桶？

【捣练子】

冬日晨路

二〇一二年十二月二十七日清晨离家赴教育部会议途中

刚进九，即严冬，无碍车行晨趣浓。雪地斑斓眠木秀，冰天雾锁懒阳红。

自注：今年十二月二十一日为冬至，开始『数九』。连日来京城最高气温均在摄氏零度以下，多年来同期罕见。

【生查子】

游青秀山

二〇一二年十二月二十九日凌晨于南宁国际大酒店

应邀赴广西高教学会讲演，得有在车芳仁会长陪同下的南宁青秀山之游。

漫游青秀山，洗肺深呼吸。满眼绿葱葱，秀色汪洋溢。
回归大自然，细品空山寂。谈笑野森林，不慕仙人逸。

【阮郎归】

赴友谊关

二〇一二年十二月二十九日乘汽车于南宁至友谊关往返途中

南宁晨别携轻寒，飞车直向南。心潮澎湃到边关，抬头尽是山。

临国界，眺群峦，沉沉边道弯。当年眼下未凭栏，迷离烟雨还。

【采桑子】

海边阳台望远

二〇一三年一月九日晨于三亚君澜酒店

烟波满目凭栏久，暗自悲凉。暮色苍茫，望断天涯思虑长。

微风拂面凭栏久，自在清凉。旭日红光，绿满天涯思绪扬。

【眼儿媚】

三亚书稿审定会

二〇一三年一月十日午后于三亚君澜酒店

一行数人离京来三亚，启动笔者『讲演录』书稿审定工作。

窗外浓荫莽苍苍，帘动送清凉。意驰北国，冰天雪地，怎样风光！　携来学侣文章事，斟酌说堂皇。胸怀浩瀚，神思激荡，径去汪洋。

【朝中措】

闻学科建设喜报

二〇一三年一月二十四日晨于三亚红沙

京城喜报又称雄，热浪满怀中。我欲放歌吟唱，南天处处春风。眼凝窗外，云无留迹，一碧晴空。椰榈多姿曼妙，角梅姹紫嫣红。

附记：昨天吴晓求教授短信发来喜报：教育部学位与研究生教育发展中心即将正式发布第三轮一级学科评估（截至二〇一一年）结果，我校理论经济学、应用经济学、法学、政治学、社会学、新闻传播学、统计学、工商管理、公共管理九个一级学科排名全国第一，比上轮排名第一的一级学科又多了两个！排名第一的一级学科总数继续居全国高校第三，在人文社科类中我校排名第一的一级学科总数继续居全国高校之冠。这是我校新世纪学科建设取得的辉煌成就。令人欣慰、喜悦而又感慨万千。

【沁园春】

感时

二〇一三年一月二十八日于三亚天域酒店

又报欺华，搅动心旌，郁愤断肠。有明枪暗炮，无穷伎俩；阴谋狡计，多少荒唐！未见和谐，多闻算计，盗贼凶顽枭霸狂。谁如愿？叹当今世界，暗自神伤。

殷殷无限风光，又岂料重重山水长。正洪波涌起，海天激荡；风云诡变，世事苍黄。我觉其间，东西鬼佬，算尽心机是虎狼。惊心起，愿宏韬远略，奋发坚强。

【调笑令】

读贺耀敏《春晚》

二〇一三年二月十二日（正月初三）晨于百旺家苑乐斋

春晚，春晚，炫亮光鲜满眼。无有典雅悠扬，又是劲歌舞狂。狂舞，狂舞，搞笑有谁为伍？

题注：中国人民大学贺耀敏教授前日以手机短信形式发来诗作《春晚》：『满台劲舞噪音高，炫目声光两眼烧。快意欢情低志趣，愁思浅浅向谁晓？』按：春晚，中央电视台春节联欢晚会之简称也。

【临江仙】

到乌林

二〇一三年二月二十一日傍晚于武汉至北京航班途中

翠竹红梅沉静水，缓丘石径方亭。山林厚密气神清。黄昏闲步走，一路鸟欢鸣。　遥想当年三国事，大江南北旗旌。心头翻涌古今情。乌林遗恨远，朗月耀疏星。

附记：昨天从宜昌经荆州到乌林，黄昏时分偕亲友散步野外，晚间浴泡温泉。乌林，与赤壁隔江相望，赤壁之战时为曹操屯兵处。

【醉花阴】

新任

二〇一三年二月二十四日（元宵节）晨于百旺家苑乐斋

二月二十三日，笔者当选为第四届中国职业技术教育学会会长。

又觉肩头沉甸甸，白发新冠冕。阵阵掌声潮，台下殷殷，台上人无倦。际遇人生多少变，惟壮怀悠远。举目望长空，恰是元宵，今夜烟花羡。

【好事近】

踏雪寻春

二〇一三年二月二十六日晨于百旺家苑乐斋

八九过元宵，正是探梅时节。窗外舞银飘玉，引一堂怡悦。园中踏雪细寻春，枝条最关切。遥指泛黄微绿，了不知清冽。

自注：八九，按我国农历冬季『数九』，此时已进入『八九』天。

【少年游】

学习雷锋五十年

二〇一三年三月四日深夜于北京百旺家苑乐斋

当年全国学雷锋，万众一心同。青春热烈，校园纯洁，处处大旗红。横流物欲谁曾料？自贵不随风。旧日情怀，当今滋味，一碧羡苍穹。

【巫山一段云】

春分大雪

二〇一三年三月二十日晨于北京百旺家苑乐斋

今日春分，晨起只见大雪铺地，树挂满枝，一片银色世界，实为罕见美景。

一夜鹅毛雪，通宵酣睡人。银装仙界入春分，惊喜倚窗门。
灿烂新阳暖，长空碧无尘。古今雅趣意纷纷，寄远话香醇。

【念奴娇】

早春

二〇一三年三月二十三日于北京百旺家苑乐斋

和风渐起，近寒食、又现嫩黄新绿。万物舒张成大势，多少隐滋含蓄。杨柳柔丝，蔷薇吐叶，活力交相逐。盈盈春水，清波纹细娱目。

何叹易逝流光，登高临远，谈笑东风祝。大好春光今又始，最应伸拳劳足。着意山河，多情今古，悲喜还相续。低吟默诵，且抒沉静心曲。

【摊破浣溪沙】

兴化菜花黄

二〇一三年三月三十一日夜草于扬州街南书屋

今日欢呼兴化缘，携亲伴友到田园。远眺近观惊壮美，喜声喧。

万垛浮金金覆地，千渠流碧碧连天。碧翠金黄人共醉，妙无言。

【风入松】

清明好扬州

二〇一三年四月二日下午于扬州返京途中

清明时节好扬州，绝美漫心头。亭桥处处临春水，谁能说、心系归舟？放眼堆红层绿，海棠伴我登楼。人文盛景最凝眸，精品遍邗沟。石街瓦舍幽情起，思今古、终日优游。百代文思泉涌，争夸此地风流。

【诉衷情】

顾问会议

二〇一三年四月十三日晚于北京百旺家苑乐斋

是日在京城涵珍园主持中国人民大学商学院国际顾问委员会第四次年会。

新知旧雨一堂中，高论伴春风。依然意气风发，白首忘年翁。

谋大计，画图浓，景无穷。玉兰花白，连翘花黄，榆叶梅红。

【清平乐】

小聚品花赏春

二〇一三年四月十五日傍晚于北京百旺家苑笑闹斋

午后一众好友同事来我家观赏盛开之樱桃花、樱花、榆叶梅，共享大好春光，其乐也融融。

温阳灿烂，小聚欢声乱。不赏春光非好汉，纵有千金不换。

三杯两盏新茶，诗书满腹芳华。眼接一行杨柳，窗含满树樱花。

【唐多令】

到殷墟

二〇一三年四月二十五日晚于安阳宾馆

遥矣国都迁，三千二百年。旧江山、远古家园。甲骨卜辞惊世界，文明事，久弥鲜。

华夏史无边，青铜天下先。感辉煌、来者恭虔。奋起圆今中国梦，慰商祖，气宏轩。

题注：商朝第二十代君主盘庚于公元前十三世纪迁都殷（今安阳市区），直至公元前一〇四六年商朝灭亡。一九二八年安阳考古发现殷墟，震惊世界。到二十世纪末的数十年间在此地先后发现殷商时期的大批甲骨文、青铜器、玉器、陶器、马车等珍贵文物。安阳由此而确立为中国八大古都之一。

【南歌子】

自心香

二〇一三年四月二十七日午后于郑州黄河迎宾馆

缓步林荫路，精心小会堂。牡丹花放又晨阳，闲话会前会后自心香。

【画堂春】

职教会议之歌

二〇一三年四月二十八日上午于郑州

激情澎湃会堂中，双双热眼交融。旨深言近论题宏，满面春风。　人说振聋发聩，悠然我自从容。漫言笑语共梧桐，目尽晴空。

题注：中国职业技术教育学会二〇一三年度工作会议四月二十七日全天在郑州黄河迎宾馆召开，笔者作为会长作闭幕总结讲话，全场振奋，反响热烈。

【一剪梅】

又见阴霾

二〇一三年五月七日晨于北京百旺家苑乐斋

四顾阴沉又雾霾。欲语难言，独倚窗台。可怜万绿被迷离，抚卷无心，把笔无怀。

无影无形躲不开。总盼新晴，却又重来。黯然无计可消除，愤懑生忧，慷慨生哀。

【卜算子】

读侯书栋《幽梦碎影》

二〇一三年五月十八日上午于北京百旺家苑乐斋

如渴位甘泉，一捧清甜口。如沐春风破旧寒，满目丝丝柳。　识见察秋毫，意趣浓香酒。世事人情雅笔随，一幅心田绣。

题注：侯书栋曾是笔者身边工作人员，现在业界任职。五一假期间送来他的随笔《幽梦碎影》打印稿，内容广泛，卓见叠出，品点精到，文笔雅致，格调清新，读来令人印象深刻，可谓精品也！

【青玉案】

又乘高速铁路列车

二〇一三年五月二十一日凌晨于山东潍坊东方大酒店

两千里路三时毕，有优雅宽松席。半卧车中人自逸。目移窗外，绿原如画，闪闪飞驰疾。壮哉高铁新途辟！横纵神州好功力。当代中华多伟绩。唱衰堪笑，任由攻击，巍巍昆仑立。

题注：二〇〇八年八月一日，我国第一条具有完全自主知识产权、世界水平的时速三百五十公里高速铁路京津城际铁路通车运营：截至二〇一二年七月，我国已建成投入运营的高速铁路总里程达六千八百九十四公里，位居世界第一位，且在世界上集成能力最强，运行速度最快。

【巫山一段云】

十笏园吊郑板桥

二〇一三年五月二十一日晚于潍坊返京高铁列车上

下午自潍坊乘高铁返京前，在火车站附近顺访十笏园，感而成之。

几进明清屋，一方珍秀园。板桥字画撞睛帘，澎湃激心田。　疾苦民间事，心沉眉锁山。抬头望远意拳拳，相对直无言。

题注：郑板桥五十四岁（一七四六年）时自范县县令调任潍县

县令，直到六十一岁时为民请赈忤大吏去官回乡，后成『扬州八怪』之一，人称他『诗书画三绝』。他在潍县任上曾有诗云：『衙斋卧听萧萧竹，疑是民间疾苦声，些小吾曹州县吏，一枝一叶总关情。』

【浪淘沙】

答友人

二〇一三年五月二十五日晨于北京百旺家苑乐斋

一路总登攀，多少艰难！追求总是梦魂牵。踏遍青山人已老，犹向前观。

独自又凭栏，远望心宽。从来大道正人间。吟罢青山遮不住，缓步歌还。

自注：『吟罢』句，宋辛弃疾《菩萨蛮·书江西造口壁》：『青山遮不住，毕竟东流去。』

【虞美人】

老来乐

二〇一三年六月八日下午定稿于广州至北京高铁列车上

赤橙黄绿青蓝紫，往事何堪计？推门幽步出台阶，只为清风明月又重来。

平生奋斗平常去，忘却风雷雨。老来一乐坐书房，信手随心闲品旧书香。

【水龙吟】

读宝龙姐七言长诗《忆》

二〇一三年六月十七日清晨定稿于江西修水珠江大酒店

读家姐纪宝龙七言叙事长诗，忆及往事，不觉悲从中来，潸然而泪下。

轰然往事连绵，儿时多少辛酸泪！幼年丧父，呼天哭地，撕心裂肺。如洗家贫，寄人篱下，几多苦味。又祸灾频仍，百般无奈，横眉锁，伤心事！

纵已苍颜华发，忆当年、何能安寐！登高思母，艰难大爱，几人能会？

雨露阳光，嫣红姹紫，自强人贵。且临窗饱览园中秀色，树犹苍翠。

附记：家姐纪宝龙今年二月写就七言叙事长诗《忆》，凡八十六句，节录如下：『当年五岁记清楚，父死痛苦泪如雨。狭小茅屋贫如洗，呼天哭地都不助。母亲无奈做保姆，小妹送人有生路。姐弟二人苦伶仃，幸有外婆得庇护。外婆有个大家庭，舅舅舅妈一大群。寄人篱下多辛酸，白眼斥骂震心灵。破衣遮体倒无妨，最怕外婆泪盈盈。满腔委屈不敢辩，巴巴结结忙不停……大舅三舅心善良，允我认字进书房。我们家贫老师怜，学费全免读书勤……到了一九五四年，长江发水毁家园。秋季庄稼无收成，忍饥挨饿过了年。春天蚕豆度饥荒，食不果腹泪涟涟。别人有钱买饼吃，我们无钱有谁怜。外婆生病未治疗，挨了两月赴黄泉……撕心裂肺无助母，恨天恨地恨绵绵。哭坏双眼无钱医，瞳仁永远盖白翳。外婆大家一分四，外公一人孤零零。姐弟县中苦读书，结草衔环报恩情……六一天灾人祸年，食物匮乏遍大地。可怜古稀外祖父，浑身浮肿腹中饥。丢失五斤救命米，鹅长野菜填肚皮。油尽灯灭正月末，口含糠皮命归西。声嘶泪枯绝望母，心疼老父无支持。恍恍惚惚不吃喝，心忧儿女无处栖。外公遗物被分光，泪流满面门外移。恋恋回望外公房，知道从此无归期。临走东眺外公坟，满腔悲愤有谁知。姐弟继续读书去，有如浮萍无靠依。滔滔江水东流去，累累伤痕积心底……。』（原注：在仪征县中学读书，当年幸有助学金，我是丙等，每月三元六角，弟弟是乙等，每月五元四角。鹅长为野草，可食，但多吃不好。……）

【鹤冲天】

品茶西堤

二〇一三年六月十八日下午于北京百旺家苑乐斋

今晨偕妻祖英入颐和园，漫步西堤后会同李湘、乌兰托亚夫妇品茶于堤边船形茶室，清谈甚欢。

临碧水，傍西堤，天远绿荫迷。一船茶室客人稀，难得俗尘离。

窗远眺，湖浩渺，水面闪银浮照。闲心闲话话闲题，谈笑付清漪。

【浣溪沙】

广西大新途中

二〇一三年六月二十日午后于大新途中

拔地奇山数百峰，星罗环列绿葱茏。矜持沉寂旷原中。

秀美清奇随处是，惊呼赞叹众人同。惜乎不为大城容。

【好事近】

筏漂明仕河

二〇一三年六月二十一日上午于明仕至南宁汽车途中

竹筏静漂移，一路翠峰奇绝。激赏水光山色，喜一川流碧。

千姿百态明仕河，漓江甲也缺。一曲壮歌欢快，伴画中穿越。

【菩萨蛮】

访赵州桥

二〇一三年七月三日下午于石家庄至北京高铁途中

是日上午在河北经贸大学做学术报告，午后即偕祖英驱车造访赵州桥。

一拱飞跨洨河水，一千四百余年惠。百代济平安，雄姿当日颜。古今多卓越，神采江山发。举目话沧桑，抚栏幽叹长。

自注：赵州桥，又名安济桥，位河北省赵县境。隋匠李春建于公元五九五—六〇五年，设计、工艺精彩绝伦，为世界石拱桥卓越经典，其单拱跨度之宽，建造年代之久远，迄今存留之完美，皆创世界石拱桥之最。该桥全长五十点八二米，桥面宽约十米，跨径三十七点零二米，拱圈矢高七点二三米。

【摊破浣溪沙】

西堤古柳

二〇一三年七月五日午后于北京百旺家苑乐斋

雨雪风霜二百年，西堤古柳翠依然。多少游人曾驻足，醉心田。　躯干苍遒生命赋，枝条繁茂感恩篇。还与韶光共情绪，最光鲜。

题注：颐和园西堤依传统遍植桃柳，现存有栽植于清乾隆年间之古柳十九株，尤为游人珍视。

【踏莎行】

赴日途中

二〇一三年七月七日于北京至东京国航航班途中

在当前中日关系趋紧情势下，笔者是日乘飞机赴日本参加第八届东北亚名人会，并将就我方提出的中日韩共用八百汉字建议案发言。

诡异风云，艰难时刻，登机又作东瀛客。邻居好歹应交流，此番当有名人识。　仰椅清神，对窗沉惑，长空壮我东方魄。携来汉字古通今，一腔热愿新颜色。

【相见欢】

喜我八百汉字表草案通过

二〇一三年七月九日凌晨于日本洞爷湖温莎饭店

曾经冷雨霜风，任西东！终有洞爷湖畔绿葱茏。　共识贵，浓滋味，乐融融。自是壮心悠远对苍穹！

附记：昨天，在于日本北海道洞爷湖温莎饭店举行的第八届东北亚名人会上，终于就笔者作为中方代表提出的中日韩共用常见八百汉字表草案取得共识，并一致通过。距我在第五届名人会上提出这一动议已三年有余矣！

【永遇乐】

空航望天涯

二〇一三年七月十一日上午于札幌至东京航班途中

翻滚红尘，苍茫人海，前去何处？万代千秋，环球百国，庶几文明路？恶强权霸，横威四海，多少惨风凄雨。梦朦胧、当今世界，觉来朗月迷雾。 天涯望断，陈吟新叹，无尽忧怀劳苦。荡荡乾坤，生生人世，犹有狂人舞。故园家国，风光无限，大好河山岂负？贵华夏、艰辛崛起，凤鸣虎步。

【忆江南】

花溪好

二〇一三年七月二十八日于贵阳花溪迎宾馆

花溪好，盛夏最舒心。爽爽凉凉清世界，山山水水绿园林。望外有鸡鸣。

【朝中措】

访崂山太清宫

二〇一三年八月五日午后于青岛海泉湾维景国际大酒店

老君漫绿倚晴空，拥海揽苍穹。深处几重殿院，千年道骨仙风。
唐榆苍劲，古银魁壮，汉柏奇雄。道士崂山何在？法天法地从容。

自注：老君，指老君峰。古银，指古银杏树。汉柏奇雄，汉代的柏树上长有凌宵、盐肤两树，形成全国仅见的『三树合一』奇观。

【水调歌头】

青岛印象

二〇一三年八月九日上午于青岛海泉湾维景国际大酒店

青岛所何有？山海夺神奇。礁岩碧水千里，曲岸贯东西。红瓦蓝天绿树，石道滩湾油路，到处养心怡。车涌似流水，楼宇万千姿。

人勤奋，繁景盛，客痴迷。百年多少名胜，当代溢新知。夏日炎炎似火，海浴人头攒动，色彩透生机。幸福今何在？望远壮心驰。

【采桑子】

闻网络世界治谣除暴

二〇一三年八月二十一日深夜于昆明云安会都宾馆

电视中报道网络世界治谣除暴新闻，夜不能寐。

终于大快人心事，除暴安怀。金桂花开，满路幽香扑鼻来。

果然大得人心事，快意盈怀。朗月临斋，玉宇澄清万里埃。

【忆秦娥】

空航忽忆西陵峡

二〇一三年八月二十四日于昆明至北京航班途中

会后自昆明登机返京飞越长江，忽忆当年宜昌生活。

西陵壁，滩崖夹涌中流激。中流激，翻窝狂漩，水飞如泄。

青山踏遍当年迹，垂垂老矣悄声息。悄声息，俯窗遥眺，静心怀璧。

【蝶恋花】

种菜

二〇一三年八月三十日夜于北京百旺家苑乐斋

昨上午赴国务院参事室参加城镇化座谈会并发言，今晨则随长女赴郊外『小毛驴市民农园』租种地块种菜，感而记之。

父女驱车郊外远。走向田园，谈笑锹耙拣。昨日雅堂抒政见，今朝种菜田头练。

土息泥香犹有恋。返本归根，挥汗人无倦。目尽青山多少羡，抬头闲看云舒卷。

【浪淘沙】

犹记相聚时

二〇一三年九月二日晨于北京百旺家苑乐斋

去年此时笔者大学同班同学相识五十年聚，倏忽经年矣！老班长沈士龄填词记念，老同学范绎、章鄂美词相和，笔者读罢叹为佳趣美谈也，故感而用章词韵仰和凑趣，一乐耳！

犹记去年时，频漾心漪。悠悠岁月梦依稀。曾话人生多少事，把酒京西。

美丽总相期，心有灵犀。老来犹贵少年痴。且向幽山清享翠，再去听鹂。

附记：章鄂八月三十一日《浪淘沙》词：『把酒话听鹂，昨日京西。颐和烟雨梦依稀。万树园中歌漫步，秋色痴迷。　乍会又分离，情切依依。关山万里待来期。半世参商随入梦，往事纷披。』（听鹂：聚会同学曾餐聚于颐和园听鹂馆。）

又：老同学相聚事可参见笔者《水龙吟·大学同学相识五十年聚》。

【江城子】

教师节师生会

二〇一三年九月十日深夜于北京百旺家苑乐斋

鲜花一捧溢芬芳，整衣裳，倒茶忙。大爱师生，入座细端详。问候别来曾可好，温语近，笑声长。天南地北话沧桑，是家常，亦堂皇。锦瑟年华，琢性济安康。骨峻风清心下事，抬望眼，尽轩昂。

【少年游】

国庆假日游颐和园

二〇一三年十月三日晨于北京百旺家苑乐斋

国庆次日，京城万里无云。清晨，祖孙三代同游颐和园，其乐融融。

秋高气爽净蓝天，放眼绝尘纤。西山耸翠，昆湖献碧，林木竞光鲜。

天伦之乐浓滋味，幸福在身边。山色波光，亭台楼阁，共我尽皆缘。

【西江月】

讲演卡内基图书馆

二〇一三年十月五日清晨于华盛顿市中心万丽酒店

此处名门大宇，今天革履西装。书生意气我登堂，人静几多情况！

一阵强风劲雨，满腔荡气回肠。幽怀激情大文章，朗朗道来豪壮。

题注：十月四日至五日，中华能源基金会主办的『第四届中美对话：核心价值与世界秩序』在美国华盛顿特区市内的卡内基图书馆举行，著名学者云集。笔者应邀在四日上午开幕式后的主题演讲环节发表题为《包容：尊重和理解中美核心价值的基本前提》的讲话，反应热烈。

【捣练子】

夜咏万豪酒店

二〇一三年十月十二日午后于旧金山—北京空航途中

昨晚会见我国驻旧金山总领事馆负责官员并共进晚餐，回奥克兰万豪酒店后，即再去空无一人的四层露天泳池游泳，为此次访美画上句号。

楼宇静，泳池空，仰卧蛙行水趣浓。他国异乡娱夜色，此身何处不从容！

【相见欢】

参观徐州狮子山汉兵马俑

二〇一三年十月十六日夜晚于徐州至北京高铁列车上

眼前铁马金戈，涌心波。遥想当年纷乱震山河。　惊陶塑，慢轻步，叹蹉跎。静赏乐堂齐奏大风歌。

【念奴娇】

秋水旁

二〇一三年十月二十四日晨于人大苏州校区敬斋

桥横秋水，望芦影、依水直随天去。眼外波光无限远，眼下修篁乔树。杨柳多姿，香樟沉静，寂寞无人处。有谁伴我，林间幽径闲步？　遥念古往今来，成就功业者，几多人妒？目尽青天怀哲圣，空寂有啥孤苦？境遇幽明，人间宠辱，一笑休眉竖。暗香阵阵，身边金桂无数。

【眼儿媚】

七十生辰师生会

二〇一三年十一月三日夜于百旺家苑乐斋

十一月一日傍晚，来自各地的笔者弟子四十多位硕士、博士相聚京城华润，邀我家人一起以《吾爱吾师》为题，庆贺笔者七十华诞，气氛诚挚、热烈，感人至深。

桃李天下慰吾怀，相见笑颜开。朗声祝福，亲昵合影，一众英才。

视频画面心弦拨，思绪万千来。书香往事，樽前美酒，彩笔安排。

【鹧鸪天】

咏菊

二〇一三年十一月八日晨于武昌楚天粤海大酒店

不与群芳争短长，晚秋时节献孤芳。千姿百态昂昂立，兰紫深沉灼灼黄。 思丽句，赏华章，王兰陶菊去何方？不曾梦觉千秋客，回首临风空对窗。

题注：十一月三日清晨，当年笔者在宜昌工作的同事郑世让以手机短信形式发来《鹧鸪天·颂菊·祝宝成先生七十寿辰》，读罢感而以此词相和。

【醉花阴】

参观湖北省博物馆

二〇一三年十一月八日傍晚于武汉至北京高铁列车途中

藉参加全国教育规划学术年会之便，于十一月八日上午匆匆参观湖北省博物馆部分展厅。

勾践剑王冷辉熠，似怨千秋寂。每每撼心奇，惊世随州，宝藏曾侯乙。

古代文明何处觅？一馆皆消息。科技艺精湛，多少沉谜，谁妄评今昔！

【好事近】

初冬赏明月

二〇一三年十一月十九日晨于百旺家苑乐斋

朗月又高悬，夺目我心璀璨。仰望夜空澄澈，了不知吟叹。

胸中暗起浪千层，忘却路头返。直去旷幽深处，最清辉无限。

【捣练子】

钧天坊听古琴

二〇一三年十一月二十一日下午于北京至南通空航途中

今上午访钧天坊，听斫琴大家王鹏先生等弹古琴，美不胜收，感而记之。

端入坐，正琴台，古韵新风扑面来。幽远一声人入化，竹兰梅菊漫盈怀。

【摊破浣溪沙】

欢庆祖英六十八岁生日

二〇一三年十二月十三日晨于百旺家苑乐斋

不与熙熙攘攘同，长河细水在胸中。共举一杯长寿酒，满堂红。
蔑向无良投不屑，珍祈独善揽从容。欢乐一家慈福满，暖融融。

【虞美人】

欢庆嫦娥三号登月

二〇一三年十二月十六日晨于百旺家苑乐斋

嫦娥拥抱嫦娥号，玉兔开怀笑。广寒宫外庆神奇，桂影虹湾邀我共金卮。

中华一跃抒慷慨，天上人间改。心波缕缕系苍穹，从此举头明月国旗红。

附注：我国嫦娥三号探测器在飞行十二天、航程三十八万公里后，于二〇一三年十二月十四日晚九时十一分在预定的月球虹湾区域稳稳降落；十五日深夜十一时四十七分左右，当日凌晨四时三十五分实现分离的着落器与巡视器（即一百四十公斤重的玉兔月球车）互拍成像。至此，嫦娥三号任务宣告圆满成功。我国成为继美国、苏联之后又一个完成这一壮举的国家。

【诉衷情】

新年踏初雪

二〇一四年二月八日深夜于北京百旺家苑

二月七日（甲午年正月初八）全天细雪纷纷，京城长达一百零七天之无有效降水终于结束，兴奋之余，遂于当日午后独自踏雪观赏难得之清景。

粉冰扑面润如酥，踏雪迈闲途。远山近水沉寂，举目一尘无。

邀竹木，暗相呼，共清图。放神空旷，逸想蓑翁，心内冰壶。

【浣溪沙】

元宵夜寄远

二〇一四年二月十六日夜于北京百旺家苑乐斋

灯火阑珊树影单，浮云一瞬不回还。冰轮皎洁溢清寒。

举世今宵明共月，神交两地寂凭栏。壶中天地酿清闲。

【诉衷情】

殷勤家务

二〇一四年三月三十一日晨于北京百旺家苑乐斋

老妻祖英因病手术到今天三个月了。

殷勤家务不含糊，只手细还粗。垂帘老伴安卧，顾盼处、睡也无？　煤气灶，电磁炉，我当厨。力刀灵铲，碗碟生香，意满声殊。

【好事近】

清明踏青

二〇一四年四月七日晨于北京百旺家苑乐斋

寂寞满园花，烂漫亮鲜盈目。一任晚风吹拂，有白红黄绿。

花开花落自随时，何事太仓促！忍看乱红飞去，步小溪弯曲。

【浪淘沙】

月夜临窗

二〇一四年四月十三日晨于北京百旺家苑乐斋

把盏夜临窗，细缕茶香。风帘漫动漾清凉。熄去灯光还月色，梦幻轩堂。

独自莫思量，放眼空茫。举杯邀月颂华章。淡定人生方是福，垂柳骄杨。

【忆秦娥】

访京西古道

二〇一四年四月十九日夜于北京百旺家苑乐斋

七八级研究生学友五老翁（曾国祥、郑洪庆、毛佩琦、郑保卫与笔者）于四月十八日结伴访京西古道，驻足牛角岭关城，其乐也融融，特调寄此小令以记之。

声情切，寻幽探胜闲翁悦。闲翁悦，并肩遥眺，古今环列。

妙峰山外层峦叠，京西古道音尘绝。音尘绝，蹄窝点点，百般年月。

【临江仙】

记第九次东北亚名人会

二〇一四年四月二十三日于扬州香格里拉大酒店

三国名人重聚首，厅堂竞放华灯。艰难时局话题沉。眼中烟雨漫，胸内有雷声。

笃定主持安稳坐，满堂水起风生。宣言声动绿杨城。高楼遥望去，街路纵还横。

题注：东北亚名人会第九次年会于二〇一四年四月二十一日至二十二日在中国扬州举行。曾培炎前副总理、福田康夫前首相、李洪九前总理分别率中日韩三方代表团与会。这次会议的主题是

『开创东北亚合作新愿景』。会议通过了《东北亚名人会共同倡议》，并最终确认了笔者提交的《中日韩共同常用汉字表》（八百零八字）。笔者受新华社委托，有幸再次主持了会议期间的全体会议。

【画堂春】

甲午暮春游瘦西湖

二〇一四年四月二十四日自镇江回京高铁列车上

参加名人会后，与亲友于四月二十三日舟游瘦西湖及其新景区，得华千林君赐诗，感而用其韵填此小令。

人生看得几清明？柳烟草翠波平。瘦西湖上不零丁，春水盈盈。

喜见琼花缀绿，又愉几处新亭。兰桡一路画相迎，意满身轻。

【朝中措】

晨园

二〇一四年五月二日上午于北京百旺家苑乐斋

蔷薇万朵小园香，灿烂一篱墙。迎面晨风吹拂，枝头片片阳光。

抬头轻叹，绿荫又满，时在何方？布谷几声啼远，老妻一脸安详。

【水龙吟】

初夏夜步

二〇一四年五月七日夜于北京百旺家苑乐斋

夜来独步西园，石阶曲径星空下。月光泻地，清风沐面，古今无价。妙句低吟，联翩浮想，出神入化。愿随风万里，功名散淡，人间事，谁人把？　树影重重相拥，叹流光、又期初夏。年来岁往，风云奔走，平生如画。华发苍颜，陵迁谷变，何需惊诧。正清凉夜色，心清似水，步轻轻跨。

注：辛弃疾《清平乐·独宿博山王氏庵》：「平生塞北江南，归来华发苍颜。」《诗经·小雅·十月之交》：「高岸为谷，深谷为陵。」

【西江月】

拜谒吴玉章墓

二〇一四年五月二十六日午于成都至北京航班途中

一十三年过去，重来别样心情。鞠躬肃穆对坟茔，怯步高台幽径。

不朽树人业绩，永存革命功勋。一生典范后人倾，翠柏苍松人静。

自注：一十三年句：二〇〇一年十月三十一日上午，在吴玉章老校长家乡——四川省荣县双石镇蔡家堰村举行其骨灰回故里之安葬仪式，仪式由中国人民大学主持，笔者代表学校讲话。

【清平乐】

寄友人

二〇一四年六月二十六日于百旺家苑乐斋

晨阳暮雨，湿热交相互。莫问阴晴霾或雾，且自悠然今古。

一杯蜜水柠檬，壶中更有香浓。几卷闲书在手，临窗漫对葱茏。

【捣练子】

老友相会

二〇一四年七月五日晨于宁夏大学国际交流中心

相视笑，鬓斑斓，岁月悠悠转瞬间。窗外夜空人不寐，一弯新月贺兰山。

附记：恰逢中国高等院校市场学研究会成立三十周年华诞之际，忝列会长之位的笔者赴银川参加二〇一四年年会，老友相会，感慨系之。

【江城子】

夜无眠

二〇一四年七月二十八日晨于百旺家苑乐斋

夜来往事又纷呈。对孤灯，意升腾。灯灭灯明，辗转梦难成。幸有胸中空旷处，花月在，古琴声。

平生多少野山行！乱云暝，峭峰迎。挥手当年，谈笑直披荆。满眼风光情未了，人已旧，夜更深。

【渔歌子】

甲午海战祭

二〇一四年七月三十一日夜于百旺家苑乐斋

一八九四年七月二十五日爆发的中日甲午战争迄今一百二十年了。

甲午风云百廿年，反思宏论万千篇。新执锐，重披坚，图强变法最当前。

【醉花阴】

晨步昆明湖畔

二〇一四年八月十一日上午于颐和园及回家途中

柳岸生凉驱暑戾，风动荷香起。莫去叹流年，满眼风光，一任闲心寄。书生意气书生气，往事遥天际。我亦爱吾庐，罗袜尘消，人在晨阳里。

自注：陶潜《读山海经》：『众鸟欣有托，吾亦爱吾庐。』曹植《洛神赋》：『凌波微步，罗袜生尘。』

【菩萨蛮】

到云岭

二〇一四年八月十七日午于太平返屯溪途中

八月十五日下午考察职教途中，经当年新四军军部旧址——泾县云岭，匆匆驻足一小时。

峰环云岭层层翠，中间多少忠魂泪。悲壮说当年，欲行难迈前。

相煎何太烈！长议何难决？抬眼见斜阳，黯然心上苍。

自注：云岭位于安徽泾县境，一九三八年八月至一九四一年一月为新四军军部驻地，一九四一年一月皖南事变在此爆发。

『相煎』句：一九四一年一月十八日《新华日报》发表周恩来就皖南事变题写的挽诗：『千古奇冤，江南一叶。同室操戈，相煎何急！』

『长议』句：皖南事变中，新四军军部在云岭突围危急关头召开的一次军事决策会议竟长达七小时。

【浪淘沙】

邓公一百十年诞辰

二〇一四年八月二十二日晨于南宁相思湖国际大酒店

智勇贯苍穹，唤雨呼风，雄才大略画图宏。功过是非天下事，评说千容。

达道在心中，权变无穷，邓公别样继毛公。指点江山形胜地，旧迹新踪。

【永遇乐】

一帘一棹皆归处

二〇一四年八月二十七日于北京百旺家苑乐斋

一棹天涯，一帘风月，皆是归处。野外舒心，书房饱目，一任流光赴。山高水阔，天长地远，忘却念情无数。何能有，躬耕垂钓，直随五湖烟雨。　窗明几净，堂闲人静，又得斜阳几缕。握笔凝神，放歌自得，怡乐深几许。是非荣辱，阴晴圆缺，点破杨花柳絮。闲窗外，风摇翠竹，引入入去。

自注：赵晔《吴越春秋》：『范蠡乃乘扁舟出三江，入五湖，人莫知其所适。』

【眼儿媚】

游香山

二〇一四年九月四日夜于百旺家苑乐斋

宽衣短袖沐清风，秋色有无中。满山苍朗，金阳灿烂，一碧晴空。　莫谈往去今来事，信步任西东。心如止水，开怀揽翠，一扫尘容。

自注：苏轼《游庐山次韵章传道》：『尘容已似服辕驹，野性犹同纵壑鱼。』

【虞美人】

中秋节赏月

二〇一四年九月九日清晨于百旺家苑乐斋

九月八日，甲午年中秋节。入夜携祖英于昆明湖边赏月，归来复在家居阳台上赏月，难得皓月当空，不由思绪万千。

月华如水心澄净，摇曳波光影。湖边柳下眺南天，踱步漫吟千里共婵娟。
何曾忘却家乡月，只是而今烈。夜来梦断坐床头，犹唱大江东去接天流。

【摊破浣溪沙】

讲演东北财大

二〇一四年九月十八日清晨于大连

银杏枝头片片金，登楼讲演共心鸣。满眼学人无限意，气神清。

一众欢愉潮浪涌，满场热烈掌声盈。挥手躬身舒缓步，殿堂情。

【念奴娇】

备课

二〇一四年九月二十一日于百旺家苑乐斋

又临书桌，叹光阴、逝去几多年月。洗涤浮华尘俗气，重拾典章经籍。百草千花，蜂翻蝶舞，细细丛中猎。奇思妙处，寸心全是愉悦。

总应望远登高，天涯路尽，山水千重叠。长恨此身非我有，乐得老来孤洁。论说东西，点评今古，似阻终还彻。迎窗当笑，一头精气华发。

自注：晏殊《鹊踏枝·槛菊愁烟兰泣露》：『独上高楼，望尽天涯路。』　苏轼《临江仙·夜归临皋》：『长恨此身非我有，何时忘却营营。』

【唐多令】

郊外秋晨即兴

二〇一四年九月二十七日于百旺家苑乐斋

残叶满池塘，岸边老柳长。寂无声、些许凄凉。水下生机人不见，嫩白藕，自清香。

云影共天光，山明旷野苍。沐晨风、树壮峰昂。已是秋深寒露重，田间走，喜新黄。

【满江红】

又听旧时壮怀歌曲

二〇一四年十月六日于百旺家苑乐斋

磅礴恢弘，踏旋律、壮怀激烈。长空望，轻吟缓步，沸腾热血。抒远志艰难道路，忆峥嵘旧时年月。弹指间、白发复苍颜，声情切。

漫回首，时空越。对镜我，当挥别。叹才因老尽，智穷拿捏。秋色迷人无限好，眼空无物全为洁。豪兴起、亮嗓颂《长征》，云山叠。

自注：宋姜夔《蓦山溪·题钱氏溪月》：『才因老尽，秀句君休觅。』

【菩萨蛮】

游荔波小七孔

二〇一四年十月十二日下午于贵阳至北京航班途中

流银飞瀑层层叠，一川响亮欢声烈。神秘爱情湖，雨林迷水途。

武陵溪上逸，采药山中寂。山野莽苍苍，神驰无短长。

自注：采药山，唐贾岛《寻隐者不遇》：『松下问童子，言师采药去。只在此山中，云深不知处。』

【少年游】

田头杂咏（之四）

二〇一四年十月二十六日傍晚于百旺家苑乐斋

颜开掌击说丰收，灿烂在田头，嫩鲜白菜，硕长萝卜，留影竞风流。敞怀一笑秋光老，快矣俗尘休。一脉青山，几畦园圃，陶令别无求。

【鹧鸪天】

倚遍危栏

二〇一四年十月三十一日清晨于百旺家苑乐斋

倚遍危栏觅画图，山沉水远寸心孤。霜欺雪压梅枝俏，月淡风轻竹影舒。
人欲醉，酒还呼，《离骚》细读趣杯壶。风流未必皆君子，隐忍何由不丈夫！

自注：宋辛弃疾《满江红·山居即事》：『细读《离骚》还痛饮，饱看修竹何妨肉。』《世说新语·任诞》：『王孝伯言：名士不必须奇才，……熟读《离骚》，便可称名士。』

【临江仙】

生日又登百望山

二〇一四年十一月三日下午于百旺家苑乐斋

是日笔者七十周岁生日，阳光灿烂，天青气朗，难得的好天气。遂偕祖英并书栋、文彬、利华诸后生于上午援例又登百望山，兴致盎然，特填此词以记之。

过眼光阴无再得，秋深莫负斑斓。携来豪兴谷峰间。有层林尽染，有意气青山。

七十人生当戒得，眼宽西北东南。任它一路直还弯。随心皆是乐，俯首拾清闲。

自注：宋曹组《忆少年·年时酒伴》：『念过眼、光阴难再得。想前欢、尽成陈迹。』毛泽东《沁园春·长沙》：『看万山红遍，层林尽染』。宋辛弃疾《沁园春·再到期思卜筑》：『青山意气峥嵘，似为我归来妩媚生。』《论语·季氏》：『孔子曰：君子有三戒……及其老也，血气既衰，戒之在得。』

【念奴娇】

到台儿庄

二〇一四年十一月二十日于台儿庄、滕州

运河名镇，想当年、多少中华英烈！卫国保民同赴死，血肉浑如铜铁。炮火连天，杀声震地，惨酷人寰绝。红旗闪处，灰飞强寇烟灭。

此地自古繁华，灯红帆影，南北波光接。斗转星移新世纪，造福八方愉悦。精舍长街，小桥流水，楼阁亭廊叠。静心闲步，幽思今古年月。

附记：一九三八年初春中国军队在台儿庄血战日本侵略军并取得

大捷，战役至惨至酷，时拥有五万多居民的台儿庄几至夷为平地。六十八年后的二〇〇六年，当地政府决定依原规制重建，并新建大战纪念馆，现已成为国家AAAAA级旅游景区。

【眼儿媚】

寄远

二〇一四年十一月二十二日（小雪）夜于百旺家苑乐斋

林外斜阳怯西风，寒意渐侵浓。满园焦叶，萧疏万木，又是新冬。　而今往事难重省，望远寂无踪。徘徊四顾，谁堪似我？我为谁容？

自注：宋王雱《眼儿媚·杨柳丝丝》：『而今往事难重省，归梦绕秦楼。』

【阮郎归】

儋州载酒堂前

二〇一四年十一月二十六日夜于海口鑫源大酒店

十一月二十六日上午考察儋州职教，午后到访苏东坡书院，流连于一代文化巨擘当年生活、讲学、开化文明的载酒堂和钦帅泉古井。

春风沂水漾堂前，流光九百年。叹无踪迹觅先贤，忘机钦帅泉。

驱郁闷，耐熬煎，春词快意篇。清风明月伴孤眠，那堪和梦圆。

自注：《论语·先进》：『莫春者，春服既成，冠者五六人，童子六七人，浴乎沂，风乎舞雩，咏而归。』苏轼《八声甘州·寄参寥子》：『谁似东坡老，白首忘机。』苏轼一〇九七年被一贬再贬至海南儋州后，一〇九九年立春日作《减字木兰花·乙卯儋耳春词》。

【鹊桥仙】

养息三亚湾

二〇一四年十二月二日上午于三亚湾兰海花园听涛阁

门前眺岭，阳台看海，爽透穿堂风满。静心藤椅仰舒然，便忘却、烟尘冷暖。　神随浪涌，思随鸥舞，往事风吹云散。诗词丝竹最关情，了百事、无长无短。

【朝中措】

游泳三亚湾

二〇一四年十二月十五日夜于三亚湾兰海花园听涛阁

岸边商厦耸晴空，人卧碧波中。无意浮云遮眼，倾心海韵椰风。

舒张双臂，轻灵双腿，一任从容。弄趣自如仰侧，管它浪谷波峰。

【减字木兰花】

凭栏眺海

二〇一四年十二月二十一日清晨于三亚唐拉雅秀酒店

凭栏远眺，碧海滔滔惟渺渺。岛外孤舟，天际茫茫只伴鸥。

云蒸霞蔚，可有仙家来去未？春夏秋冬，无碍涛声四季同。

【采桑子】

又到新年

二〇一四年十二月二十九日凌晨于北京百旺家苑乐斋

新松暗老嗟驹隙，又到新年。又到新年，诗酒年华林下篇。

一生坎坷何曾悔？世事如烟。世事如烟，老眼昏花读稼轩。

自注：《庄子·知北游》：『人生天地间，若白驹之过隙，忽然而已。』

【蝶恋花】

忆当年山行途中

二〇一五年二月六日晨于北京百旺家苑乐斋

越岭翻山山远去，道细坡高，寂寞松杉树。脚踏悬崖轻慎步，险途过后长长吐。　天意从来难测度，雾起云弥，混沌迷荒路。欲问行人人不遇，抬头且向幽深处。

【卜算子】

咏梅

二〇一五年二月九日晨于北京百旺家苑乐斋

凛冽贯山林，一隅身形小。缕缕幽香暗自来，映雪嫣然笑。

寂寞待相知，冷艳谁餐饱？纵是凄凉不见人，依旧花枝俏。

【清平乐】

甲午岁末过京密引水渠

二〇一五年二月十五日（甲午年腊月二十七）夜于北京百旺

家苑乐斋

长河弄晚，白首渔夫叹。弹指声中佳曲散，总是流年暗换。

果然七九河开，当期轻燕归来。为问东风何处，枝头隐俏藏乖。

自注：《楚辞·渔父》：「渔父莞尔而笑……乃歌曰：沧浪之水清兮，可以濯吾缨；沧浪之水浊兮，可以濯吾足。」苏轼《西江月·平山堂》：『半生弹指声中。』北京地区谚云：『七九河开，八九燕来。』

【忆秦娥】

寒空纤月

二〇一五年二月二十五日清晨于北京百旺家苑乐斋

寒风冽，夜空斜挂纤纤月。纤纤月，晶莹剔透，冷清孤子。

云愁雨恨无相叠，银钩灿烂天生洁。天生洁，教人宁静，遗人怡悦。

【水调歌头】

车行断想

二〇一五年二月二十六日凌晨于北京至宜昌Z3次列车途中

电掣风驰去，滚滚列车轮。山河雄壮，窗外大美闪纷纷。触景心旌摇动，嗟叹云飞浪涌，世事几浮沉！日丽东风起，时序又新春。　河姆渡，半坡址，仰韶村。尧封禹甸，文明何处不烟尘？俯仰兴亡今古，览察悲欢世代，谁个是仙神？吟罢民为贵，对月不空樽。

自注：宋苏轼《西江月·重阳栖霞楼作》：『酒阑不必看茱萸，

俯仰人间今古。』

【菩萨蛮】

游大觉寺

二〇一五年二月二十五日（正月初七）午后初稿于北京百旺家苑乐斋，二月二十七日清晨定稿于宜昌国际大酒店

应杨慧林、石松伉俪并孙郁教授之邀，于正月初六午前携祖英与诸君同游大觉寺。

无去来处归何处？去来有路还无路。古寺复寒山，拾阶幽步闲。　清心三界外，谈笑儒风采。大觉寄馀龄，灿然山水明。

自注：大觉寺悬匾乾隆题『无去来处』。三国魏曹丕《善哉行》：『人生如寄，多忧何为。』唐韩愈《过南阳》：『孰忍生以戚，吾其寄馀龄。』苏轼《江城子·梦中了了》：『吾老矣，寄馀龄。』

【鹤冲天】

宜昌临江怀旧

二〇一五年三月一日清晨于宜昌国际大酒店

细雨歇，暮云低，山色雾轻弥。大江流碧漾心漪，凝目故人痴。

多少事，俱往矣，寂寞倚窗眉眯。休将心气落参差，愉目贯东西。

【虞美人】

戒得乐

二〇一五年三月四日于北京百旺家苑乐斋

诗心墨韵无穷趣，闲目书房裕。夜来一梦大江东，细看云帆烟浪夕阳红。

风花雪月皆禅意，山水林田喜。随心所欲养天年，血气既衰戒得圣人言。

自注：《论语·季氏》：『孔子曰：君子有三戒……及其老也，血气既衰，戒之在得。』

【调笑令】

大梦归来

二〇一五年三月六日凌晨于北京百旺家苑乐斋

清晓，清晓，大梦归来已老。窗外翠竹婆娑，镜中白发背驼。驼背，驼背，劳苦此生无悔。

自注：唐李白《春日醉起言志》：『处世若大梦，胡为劳其生？』

【踏莎行】

初春漫步西园

二〇一五年三月七日夜于北京百旺家苑乐斋

月季芽开，樱桃蕾鼓，星星点点春光吐。西园幽径起和风，低吟浅唱轻轻步。

乍暖还寒，方明又雾，无须纠结无相连。东风消息漫枝头，赏新小艳疏香处。

【阮郎归】

凌晨无寐

二〇一五年三月十八日凌晨于北京百旺家苑

妻祖英今天上午将接受第二次手术，凌晨醒来不能寐，特填此小令以遣怀。

伤心无限老年途，飞来横祸殊。一腔愁苦酒难纾，倚床涩眼枯。寻梦断，夜灯孤，何堪思有无！手当合十用心呼，晓来霾雾除。

【水龙吟】

仰天澄碧

二〇一五年三月二十一日午前于北大医院外科三病房

献给病中的祖英。

仰天澄碧无垠，空空耳目虚虚虑。鹓雏在否？壮飞应歇，止猜御侮。人本相亲，海鸥远去，是啥情绪？且临窗漫望，栏杆拍遍，谁人应？惟无语。

堪羡江湖永忆，到如今、扁舟何处？无悲白发，无愁春水，禅中钟鼓。笑面桃花，驰新翠柳，任凭风雨。喜携来老伴，并肩信步，直朝前去。

自注：䴔雏，典出《列子·秋水》。海鸥，典出《列子·黄帝》。

唐李商隐《安定城楼》：『永忆江湖归白发，欲回天地入扁舟。』

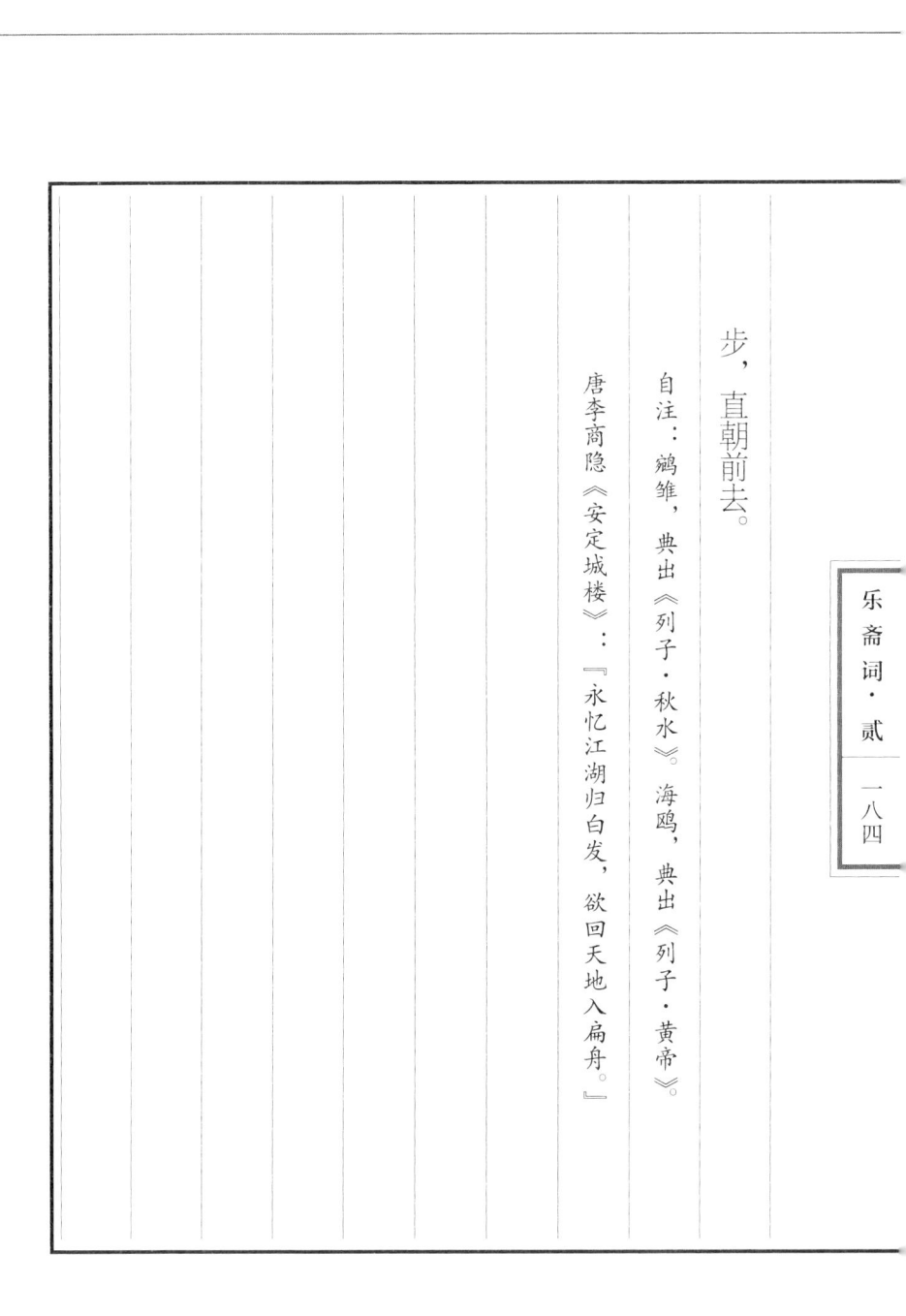

【画堂春】

凭栏桥上

二〇一五年三月三十一日于北京百旺家苑

高楼远去只身还，临桥水绿云闲。人生如寄一挥间，水影漾苍颜。　惯看春来春去，无惊花盛花残。此生何处不艰难？无语对青山。

【江城子】

新春开园种菜

二〇一五年四月四日深夜于北京百旺家苑乐斋

新的一年，我们家租地种菜每周一次的田间劳作，又从三月二十八日开始了。

清明时节菜园忙，土泥香，又开张。挽袖田头、满眼好风光。曲臂弓腰头点地，轻撒籽，细栽秧。此身已入野茫茫，不思量，自无妨。苏种陶耕、自在自安详。只觉东风熏我醉，冬去矣，着轻装。

【浣溪沙】

旧雨小聚

二〇一五年四月七日晨于北京百旺家苑乐斋

一席长谈满腹悲，停杯搁箸诧离奇。心平气静眼双垂。

叹息声声公道在，唏嘘阵阵厚谊随。惟言珍重各自归。

【青玉案】

晚踏春

二〇一五年四月十六日夜草于北京百旺家苑乐斋

丁香叶放东风软，更柳絮、杨花乱。昨日沙尘晨已断。海棠犹在，绿荫将满，深处莺儿啭。归来又去轻声唤，笑指那边众花眩。试问人生何处缓？花明香漫，风轻云懒，身外无长短。

【永遇乐】

剡溪怀古

二〇一五年四月十九日凌晨于嵊州保罗洲际酒店

绿水青山，谢公何在，千古烟树。越地情怀，百家游寓，一任神仙妒。剡溪上下，曹娥江去，人道是唐诗路。想当年、天姥吟梦，淋漓自由豪吐。　风流总在，厅堂台榭，岁岁升平歌舞。山起风云，水潜汹涌，多少迷人处。有谁问得，千年百载，在在人间疾苦。掉头去、呼天问地，腿抬却步。

自注：据当代人考察，《全唐诗》两千二百余作者中有二百七十八人（多为著名诗人）曾游历剡溪，留下诗作，故称剡溪乃至浙东为『唐诗之路』。

【菩萨蛮】

到剡中

二〇一五年四月二十一日晨于嵊州保罗洲际酒店

茂林修竹羲之雅，清溪幽谷王维暇。笑语贺知章，神游太白狂。

诗仙书圣事，俯仰人文里。寻古到剡中，山花别样红。

【忆秦娥】

访宋氏祖居

二〇一五年五月十日晨草于文昌淇水湾

砖瓦屋，步移宋室心潮逐。心潮逐，风云历史，尽成陈局。

椰榕松竹行行木，无分四季常年绿。常年绿，难留人去，不闻遗曲。

【眼儿媚】

畅游植物园

二〇一五年五月十五日午夜于北京百旺家苑乐斋

万千月季吐芬芳，碧水映斜阳。流连花径，漫穿新绿，细品茶香。

谈天说地频频笑，淡定复疏狂。心思只在，红花绿树，山色波光。

【减字木兰花】

夏日闲居

二〇一五年五月十九日上午于北京百旺家苑乐斋

晨风拂面，绿润心头摇步健。野地花黄，草色青青淡淡香。

远离呼啸，听得枝头鸣翠鸟。独坐闲窗，竹影婆娑爽爽凉。

【鹧鸪天】

初夏晨鸟鸣

二〇一五年五月二十二日清晨于北京百旺家苑乐斋

万绿丛中是故乡，每逢晴好喜洋洋。清风作伴歌晨曲，敢比仙山飞凤凰。吟寂静，唤朝阳，晓天唱彻沐霞光。无须鼓励无须慰，且自欢愉且自狂。

【少年游】

情满神泉峡

二〇一五年五月二十五日晨于北京百旺家苑乐斋

二十三日，周六，吾一家三代共八人同游京西山野神泉峡。

清幽一路水潺潺，鱼贯入空山。留神脚下，赏心路野，小峡接微潭。大呼小叫惊蝌蚪，最是小儿欢。虎咽狼吞，野餐石桌，绝胜梦邯郸。

自注：邯郸，邯郸梦，喻虚幻之事，见唐沈既济《枕中记》。

【虞美人】

感海疆风云

二〇一五年五月三十一日夜于北京百旺家苑乐斋

风云变幻知多少，往事何曾了！如今『亚太再平衡』，搅局霸行从此又纷纷。

惊涛恶浪连天涌，可叹和谐梦。凶神鬼魅闹冥顽，我自岿然雄立稳如山。

自注：二〇一一年年末，一霸独大的美国提出并开始实施战略重心调整——由西方转向东方，是谓旨在遏制我中华崛起之『亚太再平衡』全球新战略。

【临江仙】

与祖英夏日晨步

二〇一五年六月二日夜于北京百旺家苑乐斋

无意车流呼啸远，倾心草壮莺肥。西园一路绿荫垂。落花风卷瓣，地野蝶翻飞。　四十九年如一梦，苍颜梦醒身归。仰天长叹说追随。举头晴日好，人世几欢悲。

自注：笔者一九六六年大学毕业迄今四十九年矣。

【踏莎行】

宜昌老友小聚

二〇一五年六月六日夜于北京百旺家苑乐斋

六月三日午，偕祖英邀当年共同奋斗在宜昌县的『臭老九』李文钊（携夫人）、郑世让小聚，感慨万端。五日世让发来此聚词作，特用其韵和之。

今日霜翁，当年老九，京城小酌夷陵友。沉怀旧事叹流年，忘情频对杯中酒。　有过辉煌，更曾奋斗，花开花落风盈袖。如今老矣说糊涂，何须解得人生透？

【一剪梅】

江难『头七』祭

二〇一五年六月七日夜于北京百旺家苑乐斋

遥向南天三鞠躬，千里愁云，万里悲风。长鸣汽笛悼亡魂，屏幕凝凄，举国悲同。　顿足捶胸问祸凶，俯视茫茫，仰视空空。大江滚滚寄哀思，逝水无边，遗恨无穷。

题注：六月一日夜晚，『东方之星』号客轮在狂风暴雨中于湖北监利县长江江面翻沉，全船四百五十四人仅生还十二人，为新中国最大船难。按传统习俗，今天乃遇难同胞『头七』祭日。

【水调歌头】

乙未端午寄友人

二〇一五年六月十九日夜于北京百旺家苑乐斋

明日端午，感而填此词。

时序又端午，把酒读离骚。美人香草何在？风雨悼江涛。千古长途漫漫，『体解吾犹未变』，进退耸孤高。鸷鸟不群祸，唱罢泣还豪。

行临水，站观竹，脱尘嚣。劳生一梦堪笑，此去任逍遥。不再蛾眉人妒，更有清风作伴，忘世问渔樵。遥念汨罗祭，无语对今宵。

自注：唐李白《春日醉起言志》：『处世若大梦，胡为劳其生。』宋苏轼《醉蓬莱》：『笑劳生一梦』。

【巫山一段云】

悲古城墙

二〇一五年六月二十六日晨于北京百旺家苑乐斋

阅报眉峰聚，凝窗怒目横。奈何墙毁失千城！仰面叹无声。

轻蔑前人迹，何辞对后人？心如汤煮意纷纷。搁笔对孤灯。

题注：六月二十五日《光明日报》载：一九四九年时全国尚留存一千多座古城墙，而今却仅剩二十余座，其中墙体能全线贯通的已不到十座。

【捣练子】

晨读

二〇一五年六月二十九日清晨于北京百旺家苑乐斋

庭院静，绿窗开，一抹清凉细细来。布谷几声疑唤我，卷香书气漫盈怀。

【减字木兰花】

登司马台长城

二〇一五年七月十七日午后于京郊古北口

今天上午，在张忠斌夫妇陪同下，偕祖英登上司马台长城，甚欢。

雄关峻岭，势向高天争欲竞。攀险登临，雨后微阳照古今。

京师锁钥，时过境迁安落寞。白水青山，莽莽苍苍共我闲。

【鹧鸪天】

古琴雅集

二〇一五年七月二十三日清晨于北京百旺家苑乐斋

昨日亲友数人雅集『798』山水居，席间纪畅、其师洪云霞、小友王建等古琴弹奏《平沙落雁》《欸乃》《潇湘水云》，琴箫合奏《阳关三叠》《渔樵问答》等名曲，令人陶醉，当绕梁三日矣！

绰注吟猱飞指功，云舒雨急水淙淙。怯祛荡浊清波漾，气爽神凝万壑松。

吟太白，念苏翁，如今魂梦与谁同？竹箫一管悠悠起，情入丝弦痴醉中。

自注：唐李白《听蜀僧濬弹琴》：『为我一挥手，如听万壑松。』

【忆秦娥】

溽暑

二〇一五年七月二十八日午后于北京百旺家苑乐斋

三伏热，连阴湿闷今尤烈。今尤烈，云沉气戾，好风停歇。苍天无奈难关切，闭门老伴相怡悦。相怡悦，轻茶淡饭，绿肥红叠。

自注：今年公历七月十三日（农历五月二十八）数伏。

【浣溪沙】

访兴山新城

二〇一五年八月二日午后于神农架木鱼镇

藏在深山人气稠，一溪波碧映高楼。翠峰环抱小城幽。
大义昭君荣故里，腾飞兴发济民求。风清气爽水长流。

自注：兴山新城，因建三峡大坝，兴山县城迁建于香溪河畔之古夫，二〇〇二年竣工。
兴发集团系兴山县办企业，二〇一四年销售额二百六十二亿元，跻身二〇一五年中国企业五百强。

【唐多令】

全家夜步神农路

二〇一五年八月四日下午于神农架神农酒店

天朗气凉清，全家夜步行。叹稀奇、悦目繁星。油路空空林密密，歌声起，笑声盈。　山野有神灵，人来心自平。已全然、化外风情。细数浮生人醒悟，天伦乐，大山迎。

【忆江南】

神农架大九湖

二〇一五年八月六日晨于神农架九湖宾馆

高山上，湿地梦桃源。疑若瑶池流下界，恍如绒锦织荒原。雄岭翠镶边。

【水龙吟】

猇亭怀古

二〇一五年八月十三日午前于北京百旺家苑乐斋

八月十日上午，应姜公祚正邀约，偕祖英与宜昌一众文人雅士同游猇亭古战场。

登临漫对风云，群山万壑荆门赴。虎牙滩外，東流奔涌，大江东去。遥想当年，金戈铁马，楼船樯橹；叹连营百里，功亏一怒，冲天火，齐天苦。

征战何由千古？望苍茫、孙刘何处？惟今你我，楼头阁下，漫吟李杜。

故往何堪，成王败寇，几曾民主？老乎兮、峭壁悬崖栈道，应轻轻步。

自注：唐杜甫《咏怀古迹五首》：『群山万壑赴荆门。』

【风入松】

抗日战争胜利七十年

二〇一五年八月二十三日晨于北京百旺家苑乐斋

当年浴血战疆场，烈火遍城乡。大刀砍向东洋寇，山河碎、恨满胸膛。聚力无分南北，挥拳全是金刚。　家仇国恨岂能忘？铭记更图强。峥嵘岁月江山秀，喜如今、多难兴邦。警望东西狼虎，铮铮不负炎黄！

【采桑子】

新编《商业经济学教程》定稿

二〇一五年九月十二日午前于北京百旺家苑乐斋

胸中自有灵犀在，笔下风流。纸上风流，师友音容岁月稠。

手抚书稿临窗立，时已金秋。又是金秋，目尽青天任自由。

【满江红】

秋游颐和园西堤

二〇一五年九月二十一日午后于北京百旺家苑乐斋

时届秋分，便无限、爽凉清域。欣养眼、一湖波淼，一湾芦荻。淡定随心频拾趣，从容摇步无相逼。又亭桥、触景忆当年，心潮逸。

吾老矣，无所觅；浮世事，而今毕。念千般热闹、总归岑寂。云出无心闲自在，柳垂有意无消息。但凭栏、俯仰细吟秋，长空碧。

自注：二〇一五年九月二十三日（农历八月十一）秋分。

【诉衷情】

茶舫小聚

二〇一五年九月二十三日凌晨于北京百旺家苑乐斋

九月二十一日上午，偕祖英与一小友小聚于颐和园西堤茶舫。

湖边秋色直堪寻，逸兴铁观音。慢斟细品轻语，苦乐话知心。

叨往事，叹光阴，又秋临。此生珍贵，水远山长，岁月流金。

【南歌子】

老同学早茶治春

二〇一五年九月三十日午后于北京百旺家苑乐斋

今日上午，偕祖英邀老同学苏志平、范绎等共八人相聚于官园冶春早茶，特填此令以记之。

把盏全身爽，开笼举座倾。白头聚首笑盈盈。依旧齿坚舌软眼神明。
席上纷纷意，杯中满满情。管它窗外是阴晴。谈笑东西南北一身轻。

【卜算子】

十月二十日空航途中

二〇一五年十月二十一日凌晨于重庆学豪酒店

霹雳炸心头，五内如汤煮。望断机窗万里晴，惟有空空处。

想后又思前，寂寞无人诉。纵是殷勤酒水红，谁解低眉苦！

【诉衷情】

凭吊钓鱼城

二〇一五年十月二十二日午后于重庆学豪酒店

赴渝参加学术会议，昨天报到日，恰逢重阳佳节，得便偕老友思维、从才及维龙、晓东等一众登高合川钓鱼山，凭吊钓鱼城。

坚岩板荡纵还横，遗垒寂无声。当年铁血鏖战，千古钓鱼城。　惊壮烈，敬豪英，浩然情。枕江雄峙，独钓中原，傲史昭今。

【临江仙】

漫步新安江畔

二〇一五年十月二十六日晨于屯溪柏瑞酒店

为调养病中祖英，学生雷世文高琦夫妇邀笔者偕祖英游徽州，得有漫步屯溪新安江畔之愉悦。

静谧新安江水碧，一遭粉黛高低。孙王阁下染秋迟。岸边菊带，夕照惹人迷。

月白风清吟自在，从来天地无私。并肩闲步老妻怡。人生弹指，悔不早忘机！

【捣练子】

喜闻放开二胎

二〇一五年十月二十九日晚于屯溪江心洲

在今晚话别屯溪的餐桌上，得知党的十八届五中全会决策终结独生子女政策、全面放开二胎的喜讯。

终究去，忽然来，短信风传放二胎。遥忆旧年曾奋斗，举杯全席尽开怀。

自注：遥忆旧年，二〇〇八年三月，笔者作为全国人大代表出席十一届人大一次会议，向大会提交《关于认真研究完善我国人口政策的建议》的提案，并于六日下午在北京团审议政府工作报告时就立即起步放开二胎问题做了比较系统的发言，反响热烈。此后三年，笔者又连续三次在人大会议上就此专门提交建议案。二〇〇九年四月九日《南方周末》发表题为《放开二胎　刻不容缓》对笔者的访谈录，影响广泛。

【忆江南】

千里探望老姐家

二〇一五年十一月一日晚于返京高铁列车上

驱车偕祖英于昨日下午抵达仪征宝龙姐姐家，与老姐一家久别喜相逢。

金阳灿，笑语满堂庭。凝望白头相视久，家常不尽话安平。富贵是亲情。

【浪淘沙】

东湖晨步

二〇一五年十一月五日晨草于武汉东湖宾馆乙所

举目浪涟涟，遥眺无言。云遮雾罩漫无边。隐隐喧嚣天水外，孤步无前。

休去忆当年，夜已无眠。艰难万事痛难全。翠竹香樟棕榈绿，僻径蜿蜒。

【西江月】

连日阴霾中

二〇一五年十一月十六日凌晨于北京百旺家苑乐斋

连日霾阴雾罩，何时月白风怡？无边灰色暮云低，举目家家门闭。暗淡高楼沉重，模糊霜叶依稀。凄凉孤坐对疏篱，小雨零星又至。

【蝶恋花】

又到手术室

二〇一五年十一月十八日腹稿于北大医院二住院部

又送老妻心恻恻，紧步推床，执手难时刻。忍望推床房已隔，鼻头酸涌睛眶湿。七十人生也景色，笃信韶光，只共追游织。此去归来除恶逆，并肩携手湖山客。

自注：宋李元膺《洞仙歌》：『早占取韶光共追游。』

【渔歌子】

病房晴日

二〇一五年十一月二十三日傍晚于北京九〇九路公交车上

祖英术后已进入第六天，初显精气神！而阴霾雨雪二十多天之后的今天，老天爷终于开始放晴了。

雪霁云开正转晴，冬阳斜照满房明。言细细，步轻轻，心声嘹亮意盈盈。

【清平乐】

冬日重雾霾

二〇一五年十二月八日凌晨于北京百旺家苑乐斋

今冬多雾霾。十一月二十七日至十二月一日连续五天严重雾霾，天昏地暗，为二〇一四年以来之最。昨日重雾霾又起，北京市空气重污染应急指挥部昨首次为此发布了级别最高的红色预警。

天清气朗，大梦奢侈想！人在重霾尤渴望。翘盼新风浩荡。

昏黄灯色藏羞，疏枝晦隐楼头。借问嫦娥何在，奈何漫地阴幽。

【相见欢】

感怀祖英七十大寿

二〇一五年十二月十二日于北京百旺家苑乐斋

情怀执手相牵，福无边。祷祝殷勤杯举一家圆。淡走动，赞无用，享天年。共沐清风明月不花钱。

自注：宋辛弃疾《临江仙·为岳母寿》：『更愿升平添喜事，大家祷祝殷勤。』唐李白《襄阳歌》：『清风明月不用一钱买。』

【浪淘沙】

冬日偶题

二〇一五年十二月二十六日清晨于北京香山饭店

兴涌出家园，寒木无边，枯黄四野弄心弦。身着羽绒来去路，别样新鲜。

适意尽皆缘，岁月无言。山中老汉不知年。逝者如斯休浩叹，放眼今天。

【江城子】

再为祖英七十寿

二〇一五年十二月三十日凌晨于北京百旺家苑乐斋

相亲相伴更相知，草萋萋，柳依依。雨雪风霜，茹苦尽如饴。一路走来多旖旎，花好处，月明时。

劳生无悔壮心驰，未游疑，只憨痴。酒白茶红，一任说高低。携手山中寻碧水，搔白首，赏清漪。

【好事近】

冬日咏竹

二〇一六年一月三日清晨于北京百旺家苑乐斋

倩影立寒窗，孤显一蓬苍绿。俯地仰天摇曳，奏可人心曲。

吟风弄月自矜持，亭亭脱凡俗。坚骨俏姿无改，任东西南北。

【诉衷情】

寄友人

二〇一六年一月五日夜晚于北京百旺家苑乐斋

曲高应和古今稀，庶几躲危机？奈何恶小奸佞，屈子叹歔欷。心下事，有谁知？且吟诗。酒中天地，茶下风流，淡月疏篱。

自注：宋陆游《沁园春·孤鹤归飞》：『躲尽危机，消残壮志，短艇湖中闲采莼。』

【摊破浣溪沙】

贺永暑礁机场建成

二〇一六年一月八日午于北京百旺家苑乐斋

壮美蓝天广袤洋，南沙一点建机场。永暑丰功当击楫，大文章！踏破惊涛千里浪，神针定海国威扬。无畏东西狼虎视，自周详。

题注：新年伊始，传来我国建成南沙永暑礁机场、民航客机校验试飞成功的喜讯，乐而调寄此令。据报道，我海军于一九八八年在永暑礁填海造地八千一百平方米。在南海主权纷争激化的背景下，我国自二〇一四年八月起在该礁开工填海造陆，现已造地三平方公里，并建成拥有长三千米跑道的南沙地区最大机场。

【临江仙】

梦醒吟

二〇一六年一月十五日晨于北京百旺家苑乐斋

旧日何曾虚度过，梦怀谈笑当年。昂扬奋斗一篇篇。抬身徐步走，掰指论方圆。

茶品红绿滋味别，由来好事难全。闲翻经典墨常鲜。胸中丘壑在，鱼乐养心田。

自注：鱼乐，见《庄子·秋水》。

【念奴娇】

大寒山行

二〇一六年一月十七日清晨于北京百旺家苑乐斋

刺风割面，正三九天气，大寒时节。万木萧疏齐肃默，山野荒茫沉郁。旁水冰清，前坡石瘦，远外峰相叠。故人何处，旧游多少攀越。

环顾南北东西，行人未见，空谷遗孤孑。莽莽群山来共我，仔细个中怡悦。天地无私，风光有意，任尔评优劣。横斜寻去，满腔全是清冽。

【阮郎归】

夜读有感

二〇一六年一月二十四日晨于北京百旺家苑乐斋

曾悲熙攘满长街，凭高千古怀。孔贤箪食乐无哀，今人几复哉！　寒气烈，鬓毛衰，家门常不开。何愁桃李有谁栽，刘郎不再来。

自注：《论语·雍也》：『贤哉，回也！一箪食，一瓢饮，在陋巷，人不堪其忧，回也不改其乐。贤哉，回也！』

【忆秦娥】

冬日闲观窗外树

二〇一六年一月二十七日午后于北京百旺家苑乐斋

云天碧，疏枝横竖寒窗立。寒窗立，繁华落尽，茂丰无迹。伸腰挥臂涵清逸，傲霜斗雪迎朝夕。迎朝夕，潜能蓄势，待春消息。

【醉花阴】

宾客盈门

二〇一六年一月三十一日夜晚于北京百旺家苑乐斋

过却大寒冬渐老，寒舍春来早。贵重一相逢，几净窗明，绿植盈盈笑。香茶细品归安好，有漫吟轻啸。莫道不消魂，乐事良辰，了矣何曾了！

自注：宋苏轼《定风波·常羡人间琢玉郎》：『此心安处是吾乡。』

【朝中措】

浮潜马尔代夫

二〇一六年二月二十日凌晨于圣塔拉岛十六号水屋

为调养病中的祖英，一家三代人二月十七日离京飞赴马尔代夫。

空航万里觅舒松，兴致一家浓。尽享浮潜奇趣，欢娱印度洋中。

彩鱼曼妙，珊瑚坚挺，一派玲珑。浪底明华丽景，神游可探龙宫。

【虞美人】

早春赏梅

二〇一六年二月二十八日夜于北京百旺家苑乐斋

横斜遒劲窗前俏，疏影幽香缈。神思雅绪漾书斋，多少咏梅诗意入怀来。

花容不与群芳见，无怨还无羡。傲寒寂寞自风流，可有一番滋味在心头？

【鹧鸪天】

赠病中祖英

二〇一六年三月三日（『九九』首日）于北京百旺家苑乐斋

莫道颜衰鬓染霜，人生何处不昂扬！浮沉进退皆通达，春夏秋冬只往常。　临大病，共坚强。年来一路好文章。今宵已觉春风起，谈笑相逢岁月香。

【清平乐】

早春行吟

二〇一六年三月十五日晨于北京百旺家苑乐斋

轻寒微暖，枝上芽苞短。花讯零星丝柳软，地气天光暗换。

曾经多少芬芳，眼前又现鹅黄。今日徐步漫行，西山依旧斜阳。

【忆江南】

谁个不春光

二〇一六年三月三十一日晨于北京百旺家苑乐斋

金连翘，温婉紫丁香。榆叶梅红张热烈，樱桃花白竞昂扬。谁个不春光？！

【念奴娇】

春步西堤

二〇一六年四月七日夜于北京百旺家苑乐斋

今晨去颐和园，独步西堤。

又清明过，柳风软、全是清纯消息。点蕾盛花新绿渐，枝上几多生力。野鸭凌波，斜枝横水，动影摇沉寂。玉桥放眼，楼台随我闲逸。

遥想和靖当年，梅妻鹤子，自在湖山客。老境难知身远近，忘却春风词笔。淡去沧桑，只须记得，仁者当无敌。且从容步，漫将春意寻觅。

自注：宋姜夔《暗香·旧时月色》：『何逊而今渐老，都忘却、春风词笔。』《孟子·梁惠王上》：『仁者无敌。』

【鹤冲天】

寄人大七八级研究生学友

二〇一六年四月十一日上午于北京百旺家苑乐斋

谨以此小令表达我对同窗们的感激和思念之情。

说学校，忆红楼。犹记苦追求。壮怀倾力大潮流，求索未曾休。

披星月，迎风雪。坎坷一腔心血。已然三十八春秋，华发五湖游。

【西江月】

静坐书房

二〇一六年四月二十一日上午于北京百旺家苑乐斋

抬首临窗竹韵，清心满室书香。橱中著述现琳琅。闭目漫吟老将。

世事转翻难料，天时轮替如常。仰空林下细思量，笑对春风浩荡。

自注：老将，唐王维《老将行》。

【鹊桥仙】

暮春即景

二〇一六年四月二十五日晨于北京百旺家苑乐斋

刺梅香淡，紫槐花盛，又已悄然春暮。流光不惜少年头，又岂会、苍颜留步？

子规声切，鹧鸪声婉，句句轻敲心鼓。劳生倦矣贵从容，倩谁劝、殷勤声住？

【采桑子】

忆说当年

二〇一六年五月九日上午于北京百旺家苑乐斋

谊高友聚明窗下，忆说当年。往事如烟，遥祭青春无有边。　透窗新绿通人意，劲勃光鲜，频拨心弦，话境归来茶味绵。

【生查子】

过马陵道

二〇一六年五月二十一日午后于新沂赴徐州途中

是日上午在新沂境过马陵山，人说此地即为战国时齐魏马陵之战故地，姑妄听之，且引发诗意填此小令。

途经古战场，四顾相凭吊。人指马陵山，遥叹山中道。

依然草木深，千古愉飞鸟。仰首望长空，耳际轻轻啸。

【蝶恋花】

养息颐和园

二〇一六年五月二十五日午后于北京百旺家苑乐斋

祖英大病初愈，得有今晨颐和园耕织图等景区试游。

一路欢言轻伴笑。往事悠悠，尽数随风杳。弹指光阴飞去了，而今剩有游人俏。

长堤芳林今又到。荷叶田田，贴面清风绕。水远山长绿荫罩，此身只合江湖老。

自注：古乐府《江南》：『江南可采莲，莲叶何田田。』

【菩萨蛮】

读句有感

二〇一六年六月六日清晨于北京百旺家苑乐斋

青山欲共高人语，雄奇却在无声处。挥手暗招呼，悠悠来去途。

不居闲岁月，袖手心安洁。寂寞又端阳，举杯遥酹江。

自注：首句乃借用宋辛弃疾《菩萨蛮·金陵赏心亭为叶丞相赋》之首句。今年六月九日为丙申年端午节。

【调笑令】

厨艺

二〇一六年六月七日于北京百旺家苑

雨后清凉。早餐罢闲步西园，趣而成此小令于途中。

厨艺，厨艺，全在平心静气。如今下得厨房，异趣当年庙堂。堂庙，堂庙，窗外莺歌鹊绕。

【减字木兰花】

菜园乐

二〇一六年六月十二日凌晨于北京百旺家苑乐斋

碧天如洗，大道晨车飞菜地。雨后新凉，笑语田头格外忙。

琳琅满目，苋菜紫红生菜绿。珠串番茄，架豆藤鲜曼妙花。

【永遇乐】

夏夜舒心曲

二〇一六年六月十六日凌晨于北京百旺家苑乐斋

明月轻风，波光山影，无限清意。布履无尘，宽衣爽体，举步幽明里。林高地旷，虫吟鸟歇，散淡一从心底。夜茫茫、繁华尽去，满腔全是清气。

知音草木，神交星月，俯仰心如止水。不虑先贤，无思今古，浑欲临风醉。痴情犹在，书生依旧，只共山河旖旎。可堪羡、云泉倦客，有谁我比？

【少年游】

应和曾国祥

二〇一六年六月二十九日晨于北京百旺家苑乐斋

老朋友曾国祥短信发来《夏日有感寄友人》，感而戏接其末句『闲云野鹤自逍遥』应和之。

闲云野鹤自逍遥，心素觅清高。寻踪五柳，漫吟太白，月下有琴箫。
夕阳闲淡青山静，好运脱尘嚣。躲却虚名，无缘富贵，千古共渔樵。

【青玉案】

家居偶得

二〇一六年七月十日傍晚于北京百旺家苑乐斋

园中喜迈悠悠步，但凝望、悄悄路。老去年华平淡度。旧踪新迹，风流闲却，满目苍苍树。　曲高应和稀今古，两鬓斑斑脱尘土。漫忆神游沉意绪，心头遗恨，胸中块垒，尽寄三山处。

【巫山一段云】

题华商书院论坛

二〇一六年七月十一日上午于北京百旺家苑乐斋

七月九日上午笔者应邀赴国家会议中心参加华商书院（人大国学院合作者）十周年庆典，并以『中华文化自信』为主题为两千多听众开讲该书院二〇一六年夏季论坛。

业界风云会，民间翘楚堂。千花竞放聚华商，教化续炎黄。　激奋情依旧，深沉语更长。条分缕析大文章，热浪荡胸膛。

【浪淘沙】

看《海棠依旧》

二〇一六年七月十七日夜于北京百旺家苑乐斋

周总理离世整四十年了。中央电视台播放系统演绎开国总理光辉业绩和壮美人生的连续剧《海棠依旧》，令人感念无限，慷慨生哀！

千古几人同？伟绩丰功。大音流韵壮东风。健步英姿天下事，魅力无穷。

肃立望星空，何处周公？海棠依旧郁葱葱。不尽心潮无限意，月色溶溶。

自注：老子《道德经·第四十一章》：『大音希声，大象无形。』

【渔歌子】

赞南海军演

二〇一六年七月二十三日晨于北京百旺家苑乐斋

剑影刀光掠海空，岛疆军演炮声隆。千里浪，万夫雄，国之重器有神功。

【一点春】

题范绎摄《四季美丽玉渊潭》

二〇一六年七月二十八日凌晨于北京百旺家苑乐斋

屏上佳绝处，四季玉渊潭。平生趣味老来梦，都在机头一瞬间。

【捣练子】

海口新居落定

二〇一六年八月十三日夜于海口盛达景都

迎热浪，战高温。进出长街多少门！南国安居全落定，几多汗水几多神。

题注：老夫与祖英携纪畅滕岩于八月九日抵海口，随即孩子们冒高温酷暑购置、安装电器，办理产权证以及物业管理方面诸多事宜，并购置各种生活用品等等，花去整整三天时间终于营造出可以安居的海南新家，真乃一桩赏心乐事也！

【画堂春】

晨步南渡江畔

二〇一六年八月二十日午前于海口盛达景都

黎江辽阔白云牵，奔流直去无前。泛光涌水默无言，向海有无边？　堤岸公园镶翠，闲人无意花鲜。心随流水路盘旋，放眼是江天。

【水调歌头】

到茶峒

二〇一六年九月二十三日午后于吉首湘西民族宾馆

湘西花垣县茶峒，乃沈从文笔下之边城也。此地邻界湘黔渝，有『一脚踏三省』之说。昨日（九月二十二日，农历秋分）有幸到此，特填此调以记。

一览边城貌，雀跃复欢呼。神驰水秀山巧，叠翠透心舒。纵意关津古渡，遐想文风流韵，随步论诗书。莫道界三省，豪兴胜繁都。陶令柳，子陵水，辋川图。忘形

物我，尘劳之后念陶朱。恰值秋分时节，又遇天高气爽，

何必要杯壶？尽兴野荒去，谈笑有还无。

自注：唐王维居辋川，自画《辋川图》。《唐朝名画录》称该画

『山谷郁盘，云水飞动，意出尘外，怪生笔端』。

【朝中措】

商经三友

二〇一六年九月二十四日午后于怀化至北京高速列车上

笔者与柳思维、徐从才二位教授是当下全国高校贸易经济教学研究会最年长的三位学者。自三十五六年前以文会友以来，相识相知，志同道合，在商业经济学术领域内不改初衷，共同耕耘，合作呼应，互帮互助，友情弥深，感情笃实，实为难得之真朋友。这次又在湘西共襄此届学术年会，返京途中感而填是词以歌之。

商经学界筑高台，三友并肩来。奋起于无声处，曾经多少欢哀！　杏坛慷慨，文章意气，赤子情怀。性静高山流水，心清雾散云开。

【浣溪纱】

颐和园一角

二〇一六年九月二十九日晨八时于颐和园一角

进得门来远路嚣，浓荫鸣鸟唱晨谣。一湾碧水静悄悄。

水影天光前处镜，斜坡石径那边桥。杳无人迹自清高。

【唐多令】

偕祖英秋园漫步

二〇一六年十月十三日午后于北京百旺家苑乐斋

金色染枝头，新晴爱赏秋。步从容、闲过西楼。难得天高云淡日，弯弯路，树幽幽。

人老别无求，安康余事休。最堪豪、携手贤俦。饱览满园清秀爽，并肩走，意悠悠。

【好事近】

阴霾夜无月

二〇一六年十月十五日凌晨于北京百旺家苑乐斋

连日又阴霾，难盼一窗明月。抬首倚栏无语，只寒蛩凄切。

胸中块垒更难堪，无酒可浇彻。白首一腔忠愤，叹枝头黄叶。

【忆秦娥】

秋水碧

二〇一六年十月十九日夜于北京百旺家苑乐斋

秋水碧，旧时光景休寻觅。休寻觅，劳生一梦，几声吁息。夕阳西下无箫笛，残荷衰柳人悄立。人悄立，画桥清冷，暮山如壁。

【阮郎归】

一腔凄苦

二〇一六年十月二十一日深夜于北京百旺家苑

阴霾频起晚秋时，车途冷雨凄。可怜谁料再求医？一腔苦味弥。心忐忑，痛难支，灯明入夜迟。卧床反侧又披衣，吉人好运期。

附记：今天上午八时十分至十时，北大医院外科汪主任向赶来他办公室的笔者和大女儿纪畅坦陈了祖英的严重病情，我犹如五雷轰顶，不觉潸然而泪下。在讨论治疗方案后，我们痛苦地在淅淅沥沥晚秋冷雨中回到家中。祖英同意准备再次住院治疗。下午，她平静地看电视，玩电子游戏，突然笑着对我说：『看来我们在一起的时间不长了！』我心如刀绞，但温和又坚决地打断了她：『你说什么啊！』

【卜算子】

连日霾锁京城

二〇一六年十一月六日晨于北京百旺家苑

山岳已潜形，只见朦胧路。霾锁京城暗晚秋，众鸟归何处？仰首对昏空，有语难言诉。郊野驱车眺两边，只觉心头堵。

【南歌子】

超级月亮夜

二〇一六年十一月十五日晨于北京百旺家苑乐斋

硕大银盘挂，幽深碧宇开。欢呼今日净无霾。无限清辉无价沐吾怀。水上空明阁，山边隐逸斋。神驰意往子陵台。遥想横江鹤影自东来。

题注：媒体介绍，十一月十四日（丙申年十月十五）的月亮，是一九四八年以来距离地球最近的一次满月，看起来比平常的满月大百分之十四，亮百分之三十，人称『超级满月』。此后，或要等到二〇三四年才能再看到如此盛景。是夜，笔者偕祖英在家居楼前共赏此轮超乎平常的明月。

【江城子】

与祖英病房话当年

二〇一六年十一月二十九日子夜时分于北京百旺家苑乐斋

病房细语说当年。任方圆，苦也甜。赏岭观山，谈笑大江边。如火青春今又忆，心共热，手相牵。走来一路意绵绵。旧时弦，韵常鲜。无悔今生，大爱水连天。你我心神安定处，明月下，竹林前。

【鹤冲天】

月夜思念

二〇一六年十二月十四日清晨于北京百旺家苑乐斋

寒意重，月清明。无语对光盈。欲将心里话全倾，孤坐有谁听？抬望眼，纷纷念。寂寞夜幽空远。想来今夜睡安宁，明日又相迎。

题注：祖英因病住院，前天（十二月十二日）是她七十一周岁生日，特提前一天于十一日（星期日）请假回家与一大家人欢度五小时；昨晚十五月圆，笔者久久不能入睡。

【踏莎行】

连日重阴霾

二〇一六年十二月二十一日凌晨于北京百旺家苑乐斋

十二月十六日起连日重阴霾，政府发布最高级别的空气重污染红色预警。

风歇林梢，霾迷楼宇，昏天黑地明何处？愁云污气漫无边，已然积重难防护！　神女惊心，观音怯步，人间天上疑无路。苍生无力唤如何，血红资本翩跹舞。

【临江仙】

苦熬冬夜

二〇一六年十二月二十六日凌晨于北京百旺家苑乐斋

十二月二十七日祖英将接受第四次手术。多么纠结而艰难的决定！

门外风寒冰冻，堂轩旧貌陈踪。窗帘垂静座前空。几声长叹息，无语对朦胧。

今夜心安何处？神伤天命无公。此生又在苦熬中。孤灯人不寐，起坐觅从容。

【永遇乐】

读祖英『病中吟』

二〇一六年十二月三十一日凌晨于北京百旺家苑乐斋

祖英十二月二十七日手术后，于二十八日上午在重症监护室完成腹稿《四十四年同甘苦》诗，全家为之振奋！为夫者我感慨之余特用其仄韵填是词以相唱和。

年月如诗，人生如画，心曲高奏。水远山高，寒来暑往，一路同携手。悲欢忧乐，酸甜苦辣，共赴雨狂风骤。想平生、辛勤事业，几曾落在人后！　多亏有你，平常家道，赢得花团锦绣。四壁生辉，一堂慈孝，春意时时有。谐弦琴瑟，相濡以沫，情似天高地厚。今生幸、贤妻内助，老天赐佑。

附记：祖英十二月二十八日诗：『四十四载同甘苦，悠悠往事堪回首。夫君竭能忙公事，老妻自嘲功半头。一对千金家道红，两个外孙争学优。家慈亲家嘉德厚，至亲挚友情意稠。无愧无悔三代乐，举家和谐人慕求。功过是非任评说，我要驾鹤西去游。』

（二〇一七年二月十四日她充实调整了第七八句和末二句。）

【捣练子】

寒冬中的蔷薇

二〇一七年一月四日晨于北京百旺家苑乐斋

超寂寞，满风尘。落拓荒园自在身。憔悴傲霜依旧绿，一篱闲处待来春。

【蝶恋花】

雅集淮左郡

二〇一七年一月十五日午后于高铁G四二次列车上

一月十四日入夜，友人华干林君在扬州淮左郡『桐林堂』，为赴扬只留宿一夜的笔者组织了一次别开生面的雅集。中国古琴学会副会长马维衡先生抚琴，刚获得扬州市政府唯一书法奖的徐正标先生挥毫，更在堂中掀起阵阵热浪，彰显着扬州古今相通的文人生活，实在是其乐也融融！

玉振书狂淮左郡。旧雨新朋，一众身心定。屏息安神人欲隐，掌声起处心灵净。　自在从来通自省。远去尘器，谈笑闲茶品。挥笔抚琴驰胜境，扬眉垂目皆神韵。

【虞美人】

祖英病房话宜昌

二〇一七年一月十九日凌晨于北京百旺家苑乐斋

险峰缓岭清溪水，人在山乡醉。床前把手话当年，犹记七山二水一分田。

青春意气英姿俏，往事知多少！宜昌情结暖心头，又现千山万壑大江流。

题注：祖英和笔者的青春年华都献给了当年宜昌县『七山二水一分田』的山山水水。

【相见欢】

怀念永深

二〇一七年一月三十日晨于北京百旺家苑

我的高中同班同学、终生好友孙永深一月二十五日仙逝，不胜悲痛，谨以此小令作明日『头七』祭。

书生意气仪中，一窗同。犹记当年高考笑荷风。『四小』缺，痛君别，太匆匆！何止登高南眺眼朦胧。

自注：江苏仪征县中学一九六二届高中毕业生五个班当年考上大学者仅九人，其中我们高三乙班就有四人：朱志村、王福珍、孙永深和笔者，人称『乙班四小』。

仪中校园有美丽的泮池，春天杨柳依依，夏日荷香阵阵。

【水调歌头】

冬日徐步

二〇一七年一月三十一日夜晚于北京百旺家苑乐斋

步下台阶路，已见远山迎。舒胸极目遥眺，难得朗空晴。一任路车呼啸，我自神交草木，悠缓走还停。寒意迎风重，步履掉头轻。　潜思涌，睛眶湿，叹零丁。老来何事憔悴，苦运饱曾经。已是金鸡报晓，时序转轮丁酉，过客是光阴。万物致虚处，守静即安宁。

自注：唐李白《春夜宴从弟桃花园序》：『夫天地者，万物之逆旅；光阴者，百代之过客。』老子《道德经·第十六章》：

『致虚，极也；守静，笃也。』

【采桑子】

又听校歌

二〇一七年二月二日晨于北京百旺家苑乐斋

一月三十一日起网上流传各版本《人民大学校歌》（正版校歌系二〇〇七年笔者作词，印青作曲）合集。向兵昨天微信转来，感而填此小令。

阳刚正气生豪迈，雄壮歌喉，热血心头，赤子情怀丽九州。　十年传唱新常在，兀自风流，浸润春秋，满眼风光明德楼。

【摊破浣溪纱】

亲友探望病中祖英

二〇一七年二月十九日夜晚于北京百旺家苑

祖英此次住院治疗至今三个月以来，京内外至亲好友同事学生不断到医院探望，感而填此调以谢。

一束鲜花病榻前，笑随人到话音甜。一脸阳光轻问候，意拳拳。

拉手今朝能起步，问言昨夜可安眠。目不转睛叮嘱语，意绵绵。

【浪淘沙】

心下空空

二〇一七年三月十二日（夏历二月十五）晨于北京百旺家苑

祖英病情危重，我心滴血。

心下只空空，不觉春风。迷离泪眼对苍穹。无有目标盲步走，何处花红？　无计对汹汹，手足无从。伤心泣血苦熬中。可怜可叹明月夜，步有谁同？

【忆秦娥】

痛失祖英

二〇一七年三月二十一日泣写于北京百旺家苑家中

爱妻祖英于二〇一七年三月十八日二十时二十五分在北大医院第二住院部驾鹤仙逝，与我们永别。

心撕裂，肝肠寸断阴阳别。阴阳别，苍天垂泪，子规啼血。
空房起坐形孤孓，音容笑貌今生绝。今生绝，凄凉四顾，一腔悲切。

自注：苍天垂泪，二十日在昌平殡仪馆举行告别仪式，久旱的京城淅淅沥沥地下起了今年第一场春雨。

【一剪梅】

祖英仙逝『头七』祭

二〇一七年三月二十四日夜晚于北京百旺家苑家中

今天是祖英仙逝第七天，雨夹雪天气，我和女儿女婿在家中、到昌平天寿陵园一日三祭拜。

泪眼朦胧耳不闻。注目遗容，几炷香焚。长躬不起泣无声：何处伊人？何处芳魂？　岂敢蹉跎轻负春。默诵懿行，感念慈恩。一行柳色淡如烟，雨雪纷纷，意绪纷纷。

【卜算子】

丁酉春孤步西堤

二〇一七年三月三十一日上午于颐和园耕织图景区延赏斋回廊（祖英生前最后一次与笔者共游颐和园早餐歇息处）

今天是祖英仙逝『二七』祭日，天气晴好。笔者一早就来到颐和园，循着过去与祖英多次游颐和园之路线，先步西堤，再到耕织图景区。景物依旧，祖英已去，感伤不已！

新绿漫西堤，孤独轻轻步。遥想双双笑语时，寂寞留踪处。　碧水动微波，注目心无主。忽有枝头鸟雀鸣，抬眼春光路。

【蝶恋花】

丁酉清明日

二〇一七年四月四日（清明）夜于北京百旺家苑家中

云暗长空风瑟瑟。格外伤怀，丁酉清明日。拜祭灵堂悲两隔，无言泪洒春衫湿。

新绿盈窗争欲入。疑似魂归，可是仙家客？场景依旧纷闪失，何人慰我心安适！

【诉衷情】

老伴在何方

二〇一七年四月十三日（祖英『四七』祭前日）上午于颐和园耕织图景区延赏斋回廊

当年笑语沐春光，共话柳丝长。如今新绿还是，老伴在何方？　人寂寞，早风凉，动愁肠。耳中《梁祝》，孤坐沉心，有泪盈眶。

【渔歌子】

又到景明楼

二〇一七年四月二十七日晨于颐和园景明楼

往昔与祖英晨游颐和园西堤，曾多次在景明楼歇息并共进早餐。

独对芳湖秀岸长，有形似影絮花扬。清水色，朗山光，晨风拂面送悲凉。

【阮郎归】

园中祭

二〇一七年五月五日凌晨于北京百旺家苑家中

五月五日是祖英仙逝『七七』祭日，按北京习俗治丧期到此结束，而笔者对祖英的思念则是永无绝期。

蔷薇花盛满栅篱，仙家必晓知。并肩偕我共心怡，怦然意绪驰。

风细细，柳依依，望中芳草萋。绿荫深处子规啼，仰天泪眼迷。

【临江仙】

仪征天宁寺残塔

二〇一七年五月十六日夜晚于仪征汉庭酒店

无有飞檐楼阁，赤身憔悴苍颜。千年名刹百年残。命中人祸火，缘尽佛家山。　一任雨霜风雪，随他沧海桑田。孤高无语对悲欢。庄严凝望远，峭拔入云端。

自注：仪征天宁寺塔建于唐代景龙三年（七〇九年），明代洪武四年（一三七一年）重建，清代光绪三年（一八七七年）遭大火焚烧，仅存塔身。该塔原系正八面七层砖木混合楼阁式，外部层层有回廊，内部为正四方形暗八层，层层收缩，交错上升，气势雄壮，形制颇为罕见。

【巫山一段云】

亲情

二〇一七年五月十七日晨于仪征

五月十日从北京回到故乡宝龙姐姐家，七天来全部沉浸在浓郁的亲情之中。『外出散心』首先到家姐家，也是祖英病危时两次叮嘱于我的。

观赏龙舟赛，寻芳芍药园。水光山色竹林边。到处是新鲜。

家宴亲情满，长谈甜意绵。此生姐弟命依连，大义薄云天。

【忆江南】

访邵伯

二〇一七年五月十九日晨于扬州街南书屋

江都邵伯是笔者的出生地，五月十八日偕友人到访寻觅旧踪。

寻邵伯，何处旧家门？石板长街人有意，邗沟故道水无纹。心下淡还醇。

【唐多令】

欢会老同学

二〇一七年五月二十日午前定稿于扬州街南书屋

五月十二、十六日，笔者两次应邀与仪征县中五六级初中、五九级高中同班或同级的朱志村、时文焕、崔学良等七位老同学欢聚，畅叙离情，感慨万端。

随愿到乡关，老来相见欢。六十年、弹指声间。仔细盯看他你我，说未变，笑苍颜。回首莫凭栏，几多山外山！叹人生、苦辣甜酸。岁月如歌歌似酒，悠悠品，养心闲。

【朝中措】

又到平山堂

二〇一七年五月二十四日清晨于南京金陵江滨酒店

五月二十日（丁酉年四月二十五）下午，笔者与扬州友人华干林君再度共游平山堂，一路文情诗韵，至今依然漾于心中。

蜀冈翠色古今同，拾级静幽中。驻足平山堂口，漫吟杨柳春风。

遗音隽永，风流宛在，修竹苍松。眼外青山碧水，心头两位仙翁。

【风入松】

思念

二〇一七年五月二十七日清晨于苏州石湖金陵花园酒店

晚来思絮又纷纭，念想力千钧。当年足迹何处？微抬眼、淡淡氤氲。往事心头翻滚，房灯惟有殷勤。眼前倩影现频频，夜半泪沾巾。可能入我糊涂梦？披衣起、又是晨新。窗外高楼林立，蓝天万里无云。

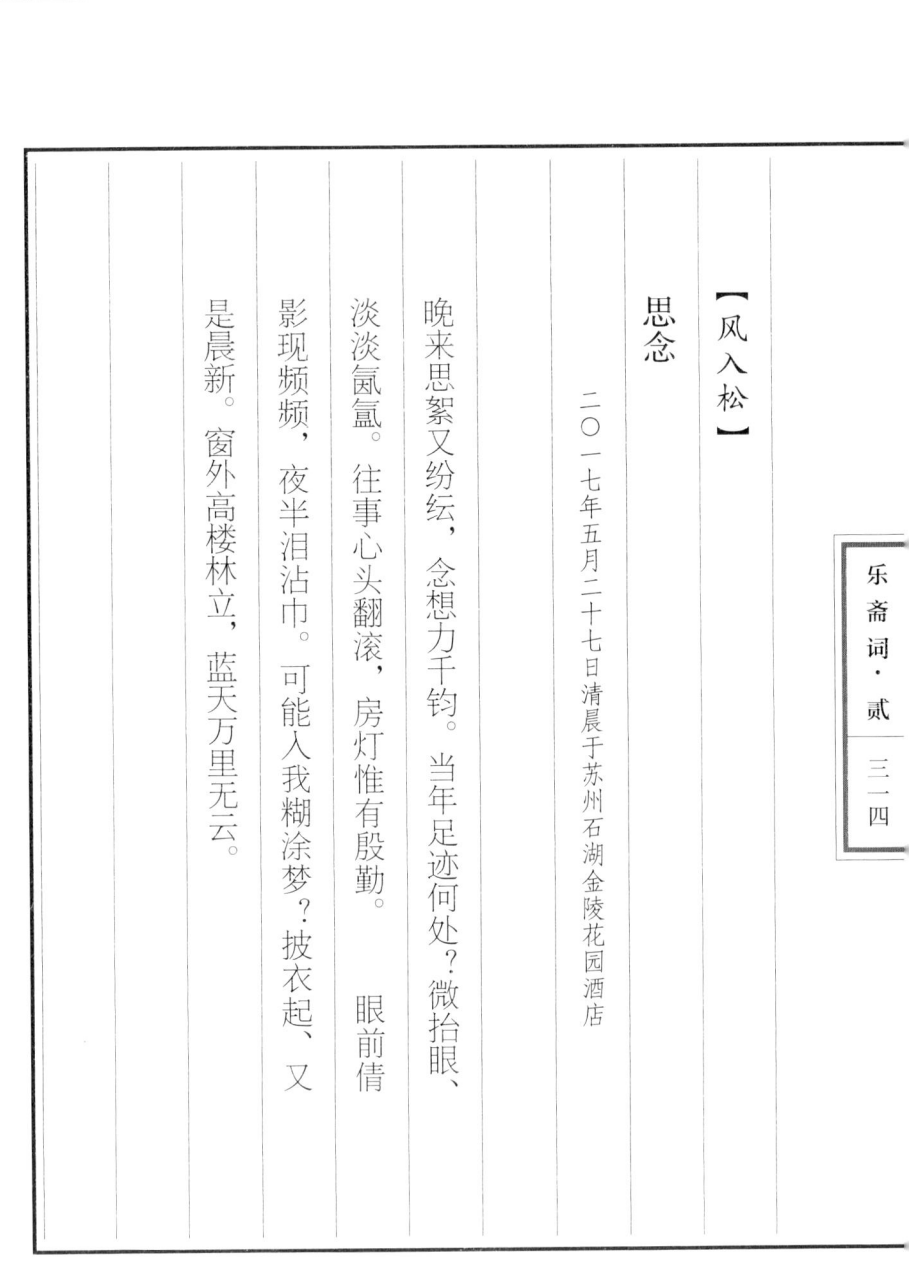

【好事近】

又到沈园

二〇一七年五月三十日（丁酉年端午）夜于绍兴会稽山阳明酒店

端午到名园，别有一番心曲。老井古池闲阁，料不知孤独。

千年百代说风流，谁个定荣辱？太息掩哀离索，伴亭台林木。

【满江红】

到诸暨西施故里

二〇一七年六月一日晨于杭州柏悦酒店

勾践夫差，千古事、浣纱交集。精选美、祸吴扶越，艺才横溢。莫说红颜全误国，两情或可也还壹。圣人曰、祸福两相依，谁能易？　飘然去，归隐逸；山水远，无踪迹。笑甜心传说、似花如蜜。漫对苎萝沉意绪，仰观殿宇潜声息。倚栏眺、清静浣纱江，粼粼碧。

【念奴娇】

丁酉江南行

二〇一七年六月三日清晨于杭州柏悦酒店

五月十日离京到仪征开启特殊之旅，随后到扬州、南京、苏州、绍兴、杭州，明天将返京回家，历时近一月。一路受到亲友和学生们的热忱接待，大家都在帮我『散散心』，由衷地感谢！

江南道上，见人杰地惠，美华繁列。乐去古今名胜地，多少人文怡悦。绿水青山，新朋旧雨，尽享神仙惬。江山如画，不知当下年月。

忽忆风雨平生，老来倦

旅，几处方圆缺。翻涌心头新旧恨，忍看雾迷山叠。独倚危栏，聚眉凝望，哂笑声声咽。晓来临镜，又添多少华发？

【浣溪沙】

记夏至日师生会

二〇一七年六月二十二日晨于北京百旺家苑乐斋

劲送清凉雨意风，师生一醉喜相逢。趣谈宏论酒香浓。　把盏平生豪气在，挥毫来日壮怀同。笑声已在雨声中。

【鹧鸪天】

祖英仙逝百日悼

二〇一七年六月二十五日晨于北京百旺家苑家中

百日天人各一方，一春一夏泡凄凉。苍颜明月辛酸久，泪眼东风苦痛长。思往事，想平常，曾经多少好时光！孤身独坐残阳里，旧景殷勤人断肠。

【江城子】

友情金不换

二〇一七年六月二十九日夜晚于北京百旺家苑乐斋

近日，老同事、老同学、老部下、老学生等不约而同地先后邀我相聚，其意旨均为慰安笔者，遂感而填此词以为谢。

劫波度却喜相逢。爽凉风，晚霞红。南北东西，多少话题同。讲到开怀亢奋处，头一仰，酒杯空。

白驹过隙太匆匆。醉奇雄，叹朦懵。烟敛云收，淡泊觅从容。纯朴友情金不换，山复水，夏还冬。

【水调歌头】

家居念祖英

二〇一七年七月十六日晨于北京百旺家苑家中

七月十五日是祖英谢世之第一百二十天，加上住医院的一百二十天，她不在家中生活几已八个月之久了。

大雨洗苍翠，湿热闷愁还。空空习以为常，音响解孤单。如泣红楼宝黛，如诉禅林云水，向壁漫心酸。扶案共谁说？一步一泫然。　伤往事，凝遗照，默无言。万千思绪喷涌，甘苦一番番。忽念苏翁悼弗，又记哀卢性德，伴久更何堪！天色还如晦，满耳是鸣蝉。

自注：『如泣』『如诉』句：洞箫曲《枉凝眉》，古筝曲《深山禅林（云水禅心）》。

【水龙吟】

铅山访辛

二〇一七年七月二十四日夜于铅山福鑫国际大酒店

古今豪迈盈怀，稼轩老矣依然美。不曾理得，求田问舍，莼汤鲈脍。独也开怀，晨风暮月，园林山水。愤平戎无望，横眉奸小，暗抛洒，英雄泪。

千里来寻故迹，到瓢泉、遗踪何示？不堪还在，忘机之问，了无人对。风雨声中，龙蛇影外，英灵归未？正消魂又见，信江流碧，共群山翠。

【采桑子】

小住桐木村

二〇一七年七月二十七日午后于武夷桐木溪畔元勋茶厂

重岩叠嶂清凉界，溪水潺潺，竹海斑斓，谷险峰雄桐木关。由来至乐闲人享，茗品名山，渔钓幽潭，丘壑无尘静处安。

自注：宋辛弃疾：《行香子·少日尝闻》：『由来至乐，总属闲人。』

【浣溪沙】

正山家宴

二〇一七年七月二十九日上午于桐木溪至九曲溪途中

旧雨新朋桐木缘，热言慰语润心田。山丰水秀意绵绵。

一任津途宽或窄，常怀明月缺还圆。欢杯频举胜坡仙。

【鹤冲天】

陵园看望祖英

二〇一七年八月四日夜晚于北京百旺家苑家中

外出归来思念祖英尤甚。今晨由纪畅陪伴驱车天寿陵园看望祖英。屈指算来祖英仙逝已一百四十天了。

沐酷暑，傲骄阳，长揖敬焚香。万般心绪共凄凉，轻语话衷肠。

松柏翠，花草瑞，伴我几行清泪。转身遥望碧空长，何处是仙乡？

【西江月】

祖英仙逝五个月祭

二〇一七年八月十八日午时于百旺家苑家中

虔供咖啡香满，静听丝竹凄清。遗容望我笑盈盈，暗唤轻呼不应。

天外时来疏雨，耳边隐约遗声。正襟和泪眼神凝，短叹长吁谁省？

【渔歌子】

三十七届贸经学术年会

二〇一七年九月八日下午于哈尔滨至北京航班途中

二〇一七年全国高校贸易经济教学研究会（第三十七届），由哈尔滨商业大学承办在龙唐大厦举行。

但愿稀声有大音，从来持久靠恒心。抒慷慨，亮胸襟，今时嫩木未来林。

【青玉案】

祖英仙逝半年祭

二〇一七年九月十八日晨于上海汤臣

愁山叠叠心头堵，岂慰语、能消去？碧落茫茫无觅处。百般无奈，欲言无诉，欲笔神无主。

枉凝眉曲声声苦，帘卷西风意如絮。旖旎旧时无再赴。数行清泪，一腔酸楚，遗照凝无语。

【忆江南】

合影歌会上

二〇一七年九月十八日午前于上海汤臣

九月十七日晚，笔者应邀参加人大上海校友会在上海喜马拉雅酒店举办的『中秋歌会』。与会校友纷纷到我席前敬酒，并要求用手机『与老校长合影』。此景此情与歌会相始终。

歌会起，多彩庆中秋。校友纷纷邀合影，老夫一一笑相酬。敲键数风流。

【清平乐】

早餐话别朱新会

二〇一七年九月二十二日午后于萧山机场至首都机场航班途中

中餐西点，对坐盈盈脸。谈笑人生多戏变，老矣个中知险。

当年奋斗冲锋，而今无悔初衷。握别殷殷祝福，转身依旧从容。

【踏莎行】

『赞礼号』邮轮上

二〇一七年九月二十七日傍晚于『赞礼号』邮轮上

九月二十六日中午，笔者偕宝龙姐、立冬兄和海霞、海虹两位外甥女，由纪畅张罗，一起在天津港登上美国『皇家加勒比海洋赞礼号』邮轮开始以日本长崎、福冈为靠岸地的五夜六天的海上行。

碧浪飞花，银舷涌翠。近观远眺全无秽。天空海阔意无如，临风合影身心醉。总伴亲情，时有美味。平生此乐何曾会！电梯升降细观光，欢言处处安康慰。

【渔歌子】

邮轮月夜

二〇一七年九月二十八日夜晚于『海洋赞礼号』邮轮上

夜幕沉沉大海平，月铺光带直随行。风送爽，浪含情，楼船破水雪花明。

【念奴娇】

邮轮观海

二〇一七年十月一日清晨于『海洋赞礼号』邮轮上

大洋何去？望东西南北，一无留迹。浪涌粘天天水远，上下清纯澄碧。四顾茫茫，无遮无秽，满眼迎舒适。快哉如是，任由酣畅呼吸。我欲拍手高歌，枯肠搜尽，无曲堪当得。且共凭栏欢笑语，今夕不知何夕。莫信三山，烟波云海，心念陶朱逸。闲来闲去，只消闲处横笛。

【最高楼】

偶感

二〇一七年十月八日晨于北京百旺家苑乐斋

平生路，人老贵从容。随性任西东。道途曲折山重水，人情反复祸连凶。柳先生，林处士，更苏翁。

应料得、夜云遮旺月，又见得、晓风吹落叶。无所谓，寸心雄。鲲鹏自有扶摇力，无知蝉雀笑讥讽。古城边，长道外，晚霞红。

自注：唐白居易《太行路》：『行路难，不在水，不在山，只在人情反复间。」

【渔歌子】

深秋晨步念祖英

二〇一七年十月十三日晨于北京百旺家苑家中

又是秋高朗气天，去年今日共游园。轻举步，默无言，潜心一路觅从前。

自注：去年今日游，记于笔者同日作《唐多令·偕祖英秋园漫步》。

【摊破浣溪沙】

又过重阳

二〇一七年十月三十一日 于北京百旺家苑乐斋

又读王维杜牧之，秋深红叶正当时。念远登高人不见，景依稀。

已与韶光同憔悴，也随岁月共痴迷。闲望重阳山色好，步轻移。

【千秋岁】

生日游聚百望山

二〇一七年十一月五日晨于北京百旺家苑乐斋

十一月三日天青气朗。是日也是笔者生日，一众游聚百望山。感而填此调，用郑世让先生《千秋岁·宝成先生生日》韵。

步高临远，闲看云舒卷。惊喜处，层林染。橙黄还橘绿，斑驳迷深浅。山野上，仰天大笑悲怀展。不悔也无羡，杯举频频劝。谈往事，今谁见？老天恩赐我，网上纷纷念。何幸矣，齿坚舌软身还健。

【踏莎行】

痛忆祖英最后住院

二〇一七年十一月十九日凌晨于海口盛达景都怀英斋

一年前的今天（十一月十九日），祖英病重再次住进医院，从此再也未能住回家中。想来黯然神伤，夜不能寐，遂填此词以为念。

三角梅红，桐棕树伟。优游拟把闲心醉。轰然忽忆一年前，徜徉石道愁心碎。　禁食身伤，穷床神毁。何能忘却人间罪！阴云连日到如今，不明明日新晴未？

【朝中措】

校友岭南欢聚

二〇一七年十一月二十五日清晨于深圳东部华侨城

十一月二十四日起，人大九〇级『认识你，真好』微信群校友欢聚深圳东部华侨城，笔者有幸应邀参加。

苍山叠翠水溶溶，情满圳城东。四面八方来客，别来几度春风。

当年学子，中年意绪，依旧青葱。行乐直须无忌，开怀便是无穷。

【画堂春】

夕阳西下会东回

二〇一七年十二月二十五日深夜于北京百旺家苑居所

夕阳西下会东回，疏林远眺神随。故人西去几时归？缓步低眉。

枕上几多清泪，胸中块垒层帷。一弯新月把人窥，脉脉清辉。

【捣练子】

冬草地

二〇一七年十二月二十七日晨于北京百旺家苑乐斋

冬草地，不荒凉。鸟雀精灵觅食忙。起落群飞欢阵阵，人来人去又何妨。

【好事近】

岁末迎新餐聚

二〇一七年十二月三十一日清晨于北京百旺家苑乐斋

三十日，旧日的同事、学生共六人来到我家中，自献厨艺午餐聚，餐后品茶聊天，前后长达六小时，其乐也融融。

把酒共迎新，一饮便无孤子。争献自家厨艺，尽舌尖愉悦。

说南道北复东西，闲话悟圆缺。晚夜饱持余兴，赏疏枝寒月。

【水调歌头】

有感扬州大雪

二〇一八年一月十日下午于北京至巴黎国航航班途中

元月九日收到华干林君微信发来《水调歌头·雪后登栖灵塔》，触发灵感，遂用其调其韵相和。

艳羡家乡雪，神往蜀冈图。漫天皆白林野，极目透心舒。登览栖灵塔上，踯躅平山堂下，襟袖净清无。佳丽扬州路，素裹韵犹殊。　鲍郎叹，坡仙乐，醉翁愉。何逊今若还在，梦约绕梅徐。互咏暗香浮动，共赏横斜疏影，何必再他途！对酌细眉月，微醉瘦西湖。

【永遇乐】

又到巴黎有感

二〇一八年一月十三日凌晨于巴黎

万里来游，此身由己，别样心力。气爽神清，祖孙三代，一旅欢朝夕。并肩走去，欢言笑语，尽是自家声息。一挥指，洋楼西塔，尽收眼底闲逸。

公差了却，再无羁绊，一任亲情四溢。一介平民，优哉域外，往日谈何及？坦然回首，平生无悔，赢得自由呼吸。何须问、襟怀荡荡，可曾有壁？

自注：祖孙三代，指笔者与长女纪畅、外孙滕济玮。一月十日离京空航去巴黎，开启家庭赴欧『自由行』。

【调笑令】

漫步威尼斯老街

二〇一八年一月十五日中午于威尼斯雅典耀小酒店

新异，新异，恍惚数前世纪。石道窄巷高墙，交错纵横短长。长短，长短，多走方知圆满。

【卜算子】

欧洲自由行

二〇一八年一月十八日清晨于拉斯佩奇亚 NH 酒店

远去旧风云，乐访欧洲古。羁旅行程靠手机，兴味天涯处。　迈腿越关山，双脚量辛苦。一路逍遥自在行，一曲亲情赋。

【水龙吟】

到马纳罗拉

二〇一八年一月十八日清晨于拉斯佩奇亚NH酒店

奇观马纳罗拉，小城临海高矶绝。登临壮阔，雄山镇海，海天相接。削壁凌空，悬崖欲跃，黑礁如铁。看惊涛澎湃，轰然击石，蛟龙滚，千堆雪。千万年来如此。却因人、非凡超越。造城绝顶，几多世代，几多心血。文化东西，山川形势，难分优劣。且潜心、缓步登高望远，满腔怡悦。

【生查子】

到庞贝

二〇一八年一月二十一日晚于庞贝返罗马汽车途中

火山喷发狂，天墓名城毁。天地不仁兮，刹那文明废。众神无奈何，上帝当疑睡。长恨锁人间，万古怜庞贝。

自注：庞贝，位于意大利南部，始建于公元前六世纪，公元七九年九月二十四日毁于十公里外的维苏威火山大爆发，为火山灰所掩埋。时为古罗马第二大繁华城市。庞贝城在地下沉睡千余年后，一七四八年起考古发掘持续至今，街道、房屋、广场等之废墟再现于世人面前，场面壮观，令人震撼。

【清平乐】

罗马风貌一瞥

二〇一八年一月二十三日至二十四日于罗马至北京国航航班途中

源渊大气，敬畏传承细。满眼风光前世纪，不尚日新月异。

协和今古精良，街街楼宇轩昂。无有摩天大厦，岿然自格洋洋。

【忆江南】

戊戌春节

二〇一八年二月十六日（正月初一）上午于海口怀英斋

辞丁酉，百感浪排排。岁月悲欢皆过往，新居三代共开怀。戊戌旺中来。

【念奴娇】

踏沙临海

二〇一八年二月二十七日晚于海南亚龙湾喜来登酒店

踏沙临海，乐涛声阵阵，浪礁繁激。收拾心情闲眺远，只觉满腔澄碧。金色晨光，椰风荡漾，却是人孤寂。一声长叹，涌翻多少悲戚！

更有至上金钱，无边权欲，叱咤风云急。笑我多情常理想，入海泥牛无息。默念曾经，遥思过往，究是谁家益？卧沙滩椅，眼前天海无迹。

【菩萨蛮】

记祖英周年忌日

二〇一八年三月十八日（农历二月初二）晚于百旺家苑家中

茫茫碧落无寻处，想来已在仙人府。拜谒到陵前，此心如煮煎。

遗容盈笑意，定我胸中事。抬首觅相关，花开君子兰。

【减字木兰花】

春风又起

二〇一八年三月二十四日傍晚于百旺家苑西园

春风又起，陌上花开黄白紫。柳色年年，长叹如今谁并肩！人归何处？仰首问天天不语。独步斜阳，依旧迎春在路旁。

【相见欢】

又现高端学术论坛

二〇一八年三月二十六日清晨于北京百旺家苑乐斋

三月二十五日，应邀出席在香山饭店举办的、以『高质量发展』为主题的『中国产业与贸易经济前沿论坛』，并作为首位专家演讲。

老来又上高坛，正衣冠。赤子情怀依旧朗声喧。风骨再，底功在，本来颜。自是行云流水一番番。

【风入松】

赴镇江高铁途中

二〇一八年三月二十九日下午于G一二五次列车上

黄河跨越入长江，那里是家乡。稳乘高铁呼啸去，过齐鲁、兴致飞扬。时见高楼林立，沉迷绿野新装。

生机一派又春光，片片菜花黄。家园如画当谁主？何须问、千古荒唐。但见争荣红紫，凝神静静临窗。

【满江红】

游荻港大江

二〇一八年四月二日凌晨于仪征汉庭酒店

三月三十一日上午，晏维龙等三五子陪同笔者游安徽繁昌荻港江段，水陆两顾，其乐融融。

空阔烟波，东流去、滔滔不息。何幸也、泛舟驰目，意清神逸。两岸春新黄绿染，一桥英武雄姿立。涌波起、破浪巨商船，声声激。

荻港外，遗旧迹；闲步履，深情忆。说当年大战、有谁歌泣？板子矶头虔敬满，望江亭上才思溢。挥手处、相接水和天，茫茫碧。

自注：板子矶，乃长江二十四矶之首，一九四九年渡江战役第一船登陆点，建有纪念碑。

【南歌子】

偶感回京列车上

二〇一八年三月二十九日午后于武汉至北京G五七二次列车上

久外当归去，飞车远大江。绿原不再见香樟。几十年来何处是家乡？　闭目纷思乱，抬头意绪狂。一窗烟雨莽苍苍。思远深深无奈转凄凉。

【青玉案】

暖暖春来

二〇一八年四月十六日晨于北京百旺家苑乐斋

依稀已是前年事！又来到、前时地。紫白丁香香细细。晚樱浓烈，海棠清丽，尽是相思意。

举头裹足沉思里，一任晨风拂清泪。叹息声长徐告慰：老夫安好，全家尊贵，暖暖春来气。

【鹊桥仙】

春去也

二〇一八年四月二十日（谷雨）晨于北京百旺家苑乐斋

丁香放叶，白杨飞絮，又是暮春时节。天光放暖柳荫浓，这时序、谁能拗拮？

平常心态，依旧步履，一路生机蓬勃。葱茏万木绿无边，可抵得、斑斓花叠？

【采桑子】

景山赏牡丹

二〇一八年四月二十七日清晨于北京百旺家苑乐斋

将军柏下花仙子，国色天香。明媚阳光，你我精心拍照忙。

人逢美好精神爽，热烈堂皇。锦绣端庄，留取英华气自昂。

【临江仙】

看祖英照片

二〇一八年五月二十三日午后于北京百旺家苑居所

又睹旧时珍贵照，帧帧嵌入心房。并肩山水眺远方。开怀曾大笑，挽臂意绵长。

春夏秋冬多景色，欢愉多少时光！想来依旧暖洋洋。音容长已矣，泪闪对空堂。

【摊破浣溪沙】

长沙校友小聚

二〇一八年五月二十六日清晨于长沙枫林宾馆

五月二十四日笔者由京抵湘当晚，数位长沙校友热情邀我餐叙。

阔论高谈长短程，长吁短叹两三声。杯举频频欢你我，意盈盈。胆识筹谋皆过往，艰难奋进是中兴。公道原非墙上纸，在人心。

【浣溪沙】

拜舜帝陵

二〇一八年五月二十七日夜晚草稿于湖南宁远县城

二〇一八年五月三十日清晨定稿于北京百旺家苑乐斋

五月二十七日下午，笔者有幸在欧阳峣、柳思维教授等陪同下自宁远城驱车赴九嶷山，拜舜帝陵。

人到潇湘不敢诗。九嶷拔地尽瑰奇。峰峰肃穆雾迷离。

天下德明虞舜始，千秋万代福华滋。山情水意共心仪。

自注：《史记·五帝本纪》：『天下明德皆自虞帝始。』

【忆秦娥】

整理怀念祖英之诗词

二〇一八年六月八日午后于北京百旺家苑乐斋

前天笔者起意整理怀念祖英之诗词。今上午整理到祖英病情危重时段的诗词时，不由得泪流不止，几度中断。

孤房寂，泪流满面抽声泣。抽声泣，银屏愁笼，键敲无力。

伤心往事纷纷逼，如今犹似轰雷击。轰雷击，眼痴电脑，举头无觅。

【渔歌子】

正山堂前

二〇一八年六月十四日清晨于武夷正山堂（元勋茶厂）

满目青山醉翠微，一川溪水总相随。迎晓日，步晨晖，清风吐纳不须归。

【醉花阴】

探访黄沙古道

二〇一八年六月十七日清晨于武夷正山堂

六月十五日午后，笔者偕华干林、侯书栋、江志东等驱车至上饶县黄沙岭，在当地出生的龚智向导下探访辛弃疾词《西江月·夜行黄沙道中》之黄沙古道。

情系稼轩明月路，放眼峰峦舞。热烈满襟怀，依旧青山，词圣知何处？　黄沙古道依稀睹，拨草欣然步。旧迹近千年，路转溪桥，挥指弹今古。

【诉衷情】

端午夜思英

二〇一八年六月十八日夜于武夷山正山堂

今天是戊戌年端午节，恰遇祖英仙逝整整十五个月，入夜难眠。

每逢佳节倍思英，尤记笑盈盈。从来美味精细，餐聚一堂明。　人不见，意难平，叹伶仃。独灯孤坐，默对遗容，有泪如倾。

【忆江南】

雨后武夷道中

二〇一八年六月二十一日上午九时半于桐木村至武夷山市区途中

新雨后，兴奋武夷途。岭峭峰高云漫翠，水飞流急玉翻珠。驰目透心舒。

【最高楼】

老乐歌

二〇一八年七月十日清晨于北京百旺家苑乐斋

到今天，祖英离开我们已经四百八十天，离开居家则已六百天。前天我与孩子们一起去天寿陵园看望了祖英，今晨又填得此词献祖英，以告慰祖英在天之灵。

知多少，高奏凯歌还。弹指一关关。千山万水坚强步，归来对镜已苍颜。智叟云，当戒得，自清闲。

不去问、笔端流水急，也莫问、纸头修竹逸。吾老矣，乐为先。忙来忙去无风雨，闲来闲去共云烟。算而今，吟酒后，笑窗前。

【少年游】

窗前偶题

二〇一八年七月十四日清晨于北京百旺家苑乐斋

闷天闷雨闷窗前，心动小篱园。樱桃健壮，石榴挂果，几样菜蔬鲜。浮生一任宽和窄，林下有良缘。旧盏茶香，老家音亮，此处乐坡仙。

自注：唐李白《安陆白兆山桃花岩寄刘侍御绾》：『独此林下意，杳无区中缘。』老家音，指笔者家乡扬剧音乐。

【虞美人】

青天又见

二〇一八年七月十六日午后草于北京至武汉高铁列车途中

青天又见浮云白，重把清新觅。终于走出闷如蒸，晨别还曾暴雨满京城。

莫谈涩热沉阴矣，夏日平常事。且将旧事细耕耘，无叹知音安在与鸥群。

自注：唐李白《赠王判官时余归隐居庐山屏风叠》：『苦笑我夸诞，知音安在哉？……明朝拂衣去，永与海鸥群。』 晨别，指当日晨乘高铁离京去武汉。

【清平乐】

恩施云龙地缝

二〇一八年七月二十日清晨草于恩施轩宇国际大酒店

飘银飞乐，惊瀑从天落。地底琼浆流满壑，绝壁千寻如削。

抬头一带云天，翠崖栈道盘旋。到处泉踪水韵，那边应有神仙。

【浪淘沙】

西水卯洞

二〇一八年七月二十一日深夜于恩施轩宇国际大酒店

西水出天庭，碧绿澄明。秀峰绝壁送还迎。笑语声声山水寂，波细舟轻。

卯洞東流平，鬼斧神灵。雄奇天下默无名。漫想如今多浊水，别样心情。

【浣溪沙】

又回宜昌

二〇一八年七月二十二日夜晚于宜昌桃花岭饭店

五十年兮四十年，宜昌往事苦还甜。山山水水扣心弦。

三代归来同尽孝，两遗了却更思贤。江流怜我共无言。

自注：五十年前的一九六八年三月，笔者大学毕业分配来到宜昌工作；四十年前的一九七八年九月，笔者考上中国人民大学研究生离开宜昌。两遗，贤妻病重期间对老家宜昌有两个愿望：

一是能回去看看迁移了的母亲墓地，二是能回去看看病中的大哥。此次笔者携长女纪畅、滕岩夫妇和外孙济玮来宜，主要就是为了完成她的这两个遗愿。

【唐多令】

夏日游园

二〇一八年八月二日晨于北京百旺家苑乐斋

骄日照当头，西园绿更幽。寂无人、我共谁游？此刻方知荫下好，缓步走，一无求。

杨柳自垂柔，槿花丽色稠。静静瞧、也是风流。惜有鸣蝉枝上闹，不知倦，不知休。

【鹧鸪天】

秋分时节

二〇一八年九月十六日晨于北京百旺家苑乐斋

昼夜平分秋已浓，风光不与半春同。众芳沉醉斜阳里，月季孤红万绿中。闲步缓，自从容，杖藜未必已龙钟。晚来不读秋声赋，且享新凉万事空。

自注：今年九月二十三日秋分。杖藜，笔者腿伤尚未痊愈。

【巫山一段云】

戊戌中秋节感怀

二〇一八年九月二十四日清晨于北京百旺家苑乐斋

今天是戊戌年中秋节，感而填此小令，兼寄友人。

一碧长空尽，新红硕果鲜。中秋时节爽凉天，袖手竹林边。

澹荡人间事，渔樵今古篇。何能对酒又君前？今夜月儿圆。

【蝶恋花】

乘汽艇夜游苏州金鸡湖

二〇一八年九月二十七日夜晚于人大苏州研究院敬斋

月色交辉灯五彩。梦幻飞舟，浪闪铺银带。流影波光通九派，霓衣风马浮沧海。乐满今宵奇世界。放目临风，翘首抒慷慨。二范隐公何处在？神思飞向云天外。

自注：李白《梦游天姥吟留别》：『霓为衣兮风为马。』二范隐公，金鸡湖附近的苏州石湖，是范蠡遁入江湖起始处，也是范成大归隐处。

【踏莎行】

回乡欢聚

二〇一八年十月四日夜晚于江苏仪征

国庆长假携玉春、轶男、皓天回老家，与宝龙姐一大家（三小家）欢聚于仪征，三代人其乐也融融！

迭起欢声，频传笑语。人人杯举浓情处。兴高最是谈儿孙，美餐『掼弹』眉飞舞。 金桂飘香，游鱼盈趣。湖边竹海轻轻步。自由自在并肩来，林颜水色秋光赋。

自注：『掼弹』（意掼炸弹，俗别称为『掼蛋』），江苏广为流行的一种扑克牌游戏。

【眼儿媚】

师生深秋同游颐和园西堤

二〇一八年十月十二日夜晚于北京百旺家苑乐斋

徐进门来路条条，笑语悦周遭。亭桥映柳，芦花秀岸，暗咏秋谣。如今往事谁重省？烟散复云消。我心只在，远山近水，一总逍遥。

【鹤冲天】

无语步清幽

二〇一八年十月十八日清晨于北京百旺家苑居所

到今天，爱妻祖英离我而去已一年又七个月了。两年前在这金色的十月里，病中的祖英曾与我数度漫步百旺家苑西园，那是她生前与我并肩户外的最后几次。

风已歇，暮云收，澄宇月华流。满园飘叶细吟秋，无语步清幽。君何在？吾何待？寂寞路旁人外。潸然垂泪望梢头，杨柳省缘由。

【清平乐】

又到桐木关

二〇一八年十月二十一日深夜于武夷山桐木村正山堂总部

今上午偕同为正山堂客人的肖启明夫妇、呼延华夫妇等一众新朋旧雨，纵情漫步桐木关上下，因调寄此令以为记。

险峰幽谷，清寂辞尘俗。全是天成深浅绿，遍野繁林茂竹。

曾经拼却年华，开怀大笑如花。欢语空山僻道，前程一任横斜。

【沁园春】

秋游山河

二〇一八年十月二十五日草稿于武夷山至诸暨高铁列车途中

十月二十六清晨定稿于嵊州宾馆

十月十九日离京，一周来到访江西、福建、浙江多地，感而填是词。

万叠云山，千里烟河，笑口而今。喜晓风抚面，朝霞织锦；晚凉送爽，落日熔金。池畔溪边，杉前柳下，到处怡人天籁音。回首处、想平生万事，另类光阴。繁

华退后清心。最当得、尽欢山水林。有苍山如海，竹风
风语；碧川似玉，瀑水龙吟。石径横斜，蜿蜒走去，古
洞秦人堪可寻？莫相问，但登高一啸，挽袖开襟。

【朝中措】

秋色

二〇一八年十月三十一日傍晚于北京百旺家苑乐斋

黄红紫绿满园中，一碧是长空。金色两行银杏，青苍一片油松。

斑斓五彩，齐来眼底，丰厚盈胸。不叹秋风萧索，原知造化无穷。

【西江月】

永远的长寿面

二〇一八年十一月二日清晨于北京百旺家苑居所

老年人生日前夕，家乡习俗要『暖寿』。两年前的今天，祖英中午时分支撑病体下厨房，为笔者做了一碗香气四溢、热气腾腾的西红柿鸡蛋长寿面『暖寿』。她说，西红柿鸡蛋面，寓意红红火火。这是她生前的最后一次烹调。那天午后，笔者和泪写下了《七绝·丙申年生日暖寿面》：『老妻亲自下厨房，热气腾腾寿面汤。拼却病身无限意，红红火火透心香。』

一碗火红红火，深情火火红红。腾腾香气满堂中，遗泽年年受用。永记浓浓滋味，难忘朗朗音容。孤身谁说对房空？倩影今宵入梦。

【一剪梅】

十一月十九日感怀

二〇一八年十一月十九日夜晚于百旺家苑居所

二〇一六年十一月十九日是祖英最后一次离家住进医院的日子。倏忽间整整两年过去了。

迎面霜风心上寒。落木萧萧，枯草斑斑。悠悠岁月一挥间，又是经年，独步何堪！　月色空明莫倚阑。寂寞蟾宫，影只形单。又临旧境意纷纷，夜幕茫茫，幽径弯弯。

【唐多令】

《历代词选六百首品读》审稿会

二〇一八年十一月二十三日清晨于海口宝山酒店

南下到琼州，天涯共探求。鼓风帆、词海行舟。穿越古今初试手，君伴我，笑登楼。

严谨在当头，无拘便自由。沉吟里、细品春秋。万绿园中同举步，抬望眼，唱翔鸥。

【如梦令】

尽欢天留客

二〇一八年十一月二十八日清晨于海口盛达景都怀英斋

难得尽欢今又，灯下几杯浓酒。留客乃天机，自是道缘丰厚。知否？知否？窗外绿肥红透。

自注：华千林君二十六日乘海航飞机由海口回南京，却因浓雾无法降落而折返，得有二十七日在笔者居所意外之欢聚小酌。

【南歌子】

祖英七十三冥寿

二〇一八年十二月十二日晨于海口怀英斋

十二逢双又，南天北拜遥。凌晨无寐涌心潮，长叹再无夜语慰今宵。

四下空房寂，遗容泪眼瞧。思经念纬织煎熬，窗外风凄云暗听萧萧。

【生查子】

赠人大海南校友会合唱团

二〇一八年十二月十三日早晨于海口怀英斋

清亮起歌声，听者浑如醉。声部几多重，最是和谐美。

雄壮入云霄，婉转山泉水。旋律动心弦，意气人间贵。

【卜算子】

感遏华风云戏作

二〇一八年十二月十四日下午于海南省健身中心运动中

阵阵北风寒，滚滚乌云暗。唱罢他方你上场，捣的啥么蛋！

北美起风云，南海风波悍。独霸心胸乱世雄，俺气冲霄汉！

【江城子】

坡翁贬儋州

二〇一八年十二月十八日晨于海口怀英斋

可悲世路满榛芜，几遭诛，贬穷途。万里投荒，化外得宽馀。一点浩然中正气，蛮野地，也安居。青葱满目不枉苏，作农娱，养生舒。劝学生民，本色是鸿儒。自有清欢人识否？钦帅冽，酒堂殊。

自注：唐杜甫《哭台州郑司户苏少监》：『飘零迷哭处，天地日榛芜。』苏过（苏轼幼子）《东亭》：『世路榛芜谁与披。』苏轼《浣溪沙·细雨斜风作晓寒》：『人间有味是清欢。』苏轼贬儋州后乡贤为其筑讲学会友栖身之载酒堂，旁有钦帅泉古井。

【朝中措】

海口生活偶感

二〇一八年十二月十九日下午于海口省健身中心运动中

南来北往几离归，岁月去无回。闭眼纷纷世事，胸中锦绣如堆。

苍颜白发，齿坚舌软，摇步衣肥。案上闲书几本，窗前屹立蒲葵。

【醉花阴】

参加人大海南校友会年会

二〇一八年十二月二十三日夜晚于海口怀英斋

棕榈轩昂人更俏，冬至阳生早。年会又迎新，条幅琳琅，歌咏梁间绕。

卅年砥砺开新道，人在天涯傲。回首复前瞻，竞放心花，又共春光闹。

自注：二〇一八年是海南建省三十周年，也是人大海南校友会建立三十周年。今年十二月二十二日『冬至』。

【鹧鸪天】

岁尾老夫吟（兼寄友人）

二〇一八年十二月二十八日傍晚于海口怀英斋

忘却红尘林下翁，凡心远去五湖通。年光冉冉浑如许，意绪悠悠应不同。安冷暖，任西东。闲情闲趣得从容。老来欢意何须论，孤啸闲窗兀自雄。

【如梦令】

思念

二〇一八年十二月三十日清晨于海口怀英斋

自得啸吟风月，俯仰悟参圆缺。长记畅谈时，一笑满房和悦。心热，心热，窗外雨芊云叠。

【画堂春】

神游

二〇一九年一月十五日凌晨于海口怀英斋

青山不负有情邀，多姿尽显妖娆。层峦耸翠水迢迢，一任逍遥。

常乐棲身林下，何来说剑吹箫？回眸纵有也飘飘。远去尘嚣。

【减字木兰花】

冬夜月下

二〇一九年一月二十一日晨于北京百旺家苑乐斋

一轮寒月，不染纤尘盈皎洁。寂静空园，满地清光万木眠。　悄然步去，疏朗清宁天赐予。不觉严寒，夜色苍茫百望山。

自注：昨天是腊月十五，『大寒』。

【少年游】

快意迎『年』

二〇一九年一月二十五日晨于北京百旺家苑乐斋

快『过年』了，近日数次友聚，感而记之。

师生挚友又相逢，快意酒杯空。倾心喜至，开怀乐满，
兴味暖隆冬。几多往事愉谈笑，慷慨万夫雄。情满
霜颜，神清黑发，握别意融融。

【渔歌子】

看电视剧《上将洪学智》

二〇一九年一月三十一日晨于北京百旺家苑乐斋

戎马关山殊世勋，英雄无奈黑风云。持本色，敬人民，
铮铮铁骨上将军。

【相见欢】

降落新加坡樟宜机场

二〇一九年二月三日晨于新加坡樟宜国际机场

刚进入二月三日午夜时分，我们京苏两地共十二位亲人乘国航班机离京，赴新加坡转邮轮南洋游，六小时后降落在樟宜国际机场。

晨曦渐露天头，月如钩。更有云轻空碧彩霞流。　眯笑眼，灯万盏，待欢游。喜洒亲情万里外洋洲。

【踏莎行】

己亥新年

二〇一九年二月五日（大年初一）夜于『蓝宝石公主号』邮轮上（此时在泰国海域）。

踏浪迎春，邮轮载福。吉言喜语争相续。大年三十有年年，何曾红酒今番酷！　海阔无垠，风和如沐。水天一色无尘俗。空明净洁乐天伦，自由自得人生足。

【满江红】

大洋邮轮上

二〇一九年二月八日夜晚于『蓝宝石公主号』邮轮上

何处乾坤？凭栏处、眼空无物。平望去、极边一线，水天相接。堆絮白云飘旷远，汪洋墨水潜深阔。莫讶惊、南北或东西，无分别。

挥手处，皆净洁；眺远近，无圆缺。伴孤舟只有、日星辰月。短发萧疏襟袖裕，心神清定肝肠热。且从容、迈步向船头，情方切。

【西江月】

《历代词选六百首品读》完稿

二〇一九年二月二十八日夜于北京百旺家苑乐斋

自不量力事，放胆竟初成。笔者与侯书栋合作之《历代词选六百首品读》，今天发稿出版社。

电脑幕屏开启，鼠标静静停留。个中一本大书牛！仰坐轻舒双手。又报春天消息，当欢硕果来由。玉兰苞蕾满枝头，且自香茶消受。

【水调歌头】

颂高教司故旧欢聚

二〇一九年三月九日晨于北京百旺家苑乐斋

三月八日傍晚，周远清林蕙青同志邀集原国家教委高等教育司部分同志欢聚一堂，感慨不已，特寄此调。

难得一相聚，顾盼喜眉梢。早春明媚时日，林下意滔滔。二十三年过去，未把流光辜负，岁月几多骄！细看你他我，霜发耀今宵。　报国志，振兴梦，改开潮。壮怀有幸高教，拼力奋新标。地远天高宏阔，水拍云横壮美，携手共操劳。往矣早先事，谈笑举杯高。

自注：李白《安陆白兆山桃花岩寄刘侍御绾》有句『独此林下意』。笔者一九九六年三月二十一日到任国家教委高等教育司司长，至今整整二十三年了。当时围绕『把什么样的高等教育带入二十一世纪』确立了多方面的奋斗目标。当年拙词《诉衷情·履新会上》有句云：『此矣前去，地远天高，水拍云横。』

【鹊桥仙】

祖英仙逝两周年

二〇一九年三月十七日晨于北京百旺家苑

明天就是三月十八日了。祖英永远活在我心中。

垂杨染绿，玉兰放蕾，最是怀人时节。东风劲引色迷离，又岂解、愁肠百结？长河波涌，平芜春满，此恨何堪消歇！平芜尽处是春山，那又是、重重叠叠。

自注：唐高适《田家春望》有句：『出门何所见，春色满平芜。』宋欧阳修《踏莎行·候馆梅残》有句：『平芜尽处是春山，行人更在春山外。」

【西江月】

全家踏青圆明园

二〇一九年四月八日午后于北京百旺家苑乐斋

柳绿桃红花满坡，粼粼碧水戏天鹅。踏青幽曲笑声多。

旷野赏春欢旖旎，遗园访古叹蹉跎。祖孙三代步平和。

【忆江南】

到单县浮龙湖

二〇一九年四月十七日晨于北京百旺家苑乐斋

四月十五日上午到访山东单县浮龙湖。

今古水，遥指细参详。老子潜心求圣道，娥姁歹毒祸纲常。仰面问苍茫。

自注：据介绍，今浮龙湖系古孟渚泽（我国古代九大泽之一）遗留。老子曾在孟渚泽隐居九年，悟『上善若水』之道。吕雉即吕后，字娥姁，单父县（今单县）人。

【调笑令】

暮春闲步

二〇一九年四月十九日晨于北京百旺家苑乐斋

闲步，闲步，背手舒身四顾。藏莺恰恰撩人，绿暗红稀暮春。春暮，春暮，飞絮随风趣舞。

自注：杜甫《江畔独步寻花七绝句·其六》有句：『流连戏蝶时时舞，自在娇莺恰恰啼。』

【千秋岁】青翠篱园小

二〇一九年四月二十八日傍晚于北京百旺家苑乐斋

果蔬花草，青翠篱园小。方寸地，居家宝。欢呼春雨贵，舒步红砖道。抬眼处，一畦玉立秧苗俏。未见烟湖水，何处孤垂钓？休勉强，随缘了。笑鱼龙寂寞，悟得陶苏妙。心静也，晨风拂面轻吟啸。

自注：唐杜甫《秋兴八首·其四》有句：『鱼龙寂寞秋江冷』。

【诉衷情】

病床静卧

二〇一九年五月二十五日于北大医院第二住院部干四病房

病床静卧悟新思：生命似玻璃！心惊诉说凶险，万幸又生机。

逃一劫，喜相依，福相期。了然通透，窗外天高，空寂神怡。

【永遇乐】

养病临窗

二〇一九年六月五日晨于北京百旺家苑乐斋

书桌凝愉，南窗涌翠，场景无限。秋月春花，朝晖夕照，曾笔耕无倦。香茶对品，倾心闲话，一笑宛如花灿。到而今，纱帘半掩，可怜寂寞孤盏。

病魔突袭，惊心凶险，万幸欣逃劫难。半倚窗前，望中犹忆，往矣皆清淡。情为何物？惟情永在，深处时时暗唤。低吟啸，人生逆旅，豁然浩叹。

【采桑子】

夏日晨步

二〇一九年六月三十日于北京百旺家苑乐斋

晨风夏日娱人爽，格外凉清。缓步相迎，一抹朝阳静静明。

老来袖手常观景，地绿天青。至简心情，且向林边听鸟鸣。

【好事近】

闷热时际

二〇一九年七月二十七日晨于北京百旺家苑

窗外热烘烘，满眼闷云堆叠。暗绿一帘深浅，更噪蝉声竭。

且将茶具摆排开，清香润孤子。追恨榻前窗下，又一番凄咽。

【生查子】

湿闷天

二〇一九年八月十一日上午于北京百旺家苑

常来湿闷天，时有云遮月。闲步汗也流，满耳蝉声烈。

举头阴暗天，何日清风彻？问讯柳条长，无语垂垂别。

【阮郎归】

己亥中元节

二〇一九年八月十六日晨于北京百旺家苑

盂兰盆节倍凄凉，心沉着旧装。木然无语对空房，低头泪几行。

山远近，野苍茫。故人在哪方？驱车直去诉衷肠，坟前几炷香。

【鹧鸪天】

到正定隆兴寺

二〇一九年八月十七日下午于石家庄返京高铁途中

名刹千年耀古城，隋碑宋殿尽奇珍。法轮常转人间愿，大佛慈悲天下闻。　磅礴势，妙严身。慈航普渡万年程。时时宣示人难识，倒座观音弥勒魂。

自注：正定隆兴寺，中国十大名寺之一。隋唐宋金元明清皆为皇家寺院，亦为中国北方最大皇家寺院。因拥有世界古代最高大最古老宋代铜铸的千手观音，俗称大佛寺。一九六一年被确定为国家首批重点文物保护单位，文化艺术价值极高。

【捣练子】

雨中行

二〇一九年八月二十日午后于北京百旺家苑乐斋

园寂默，路空清，雨点声声自在听。破得惯常单调苦，最宜撑伞雨中行。

【念奴娇】

己亥处暑游颐和园

二〇一九年八月二十三日深夜于北京百旺家苑乐斋

今日处暑。清晨七时许笔者便进颐和园北宫门独自游园了。

早凉天气，我来了、乘着晨光曦色。天下名园多盛景，道上游人如织。盏盏红莲，垂垂杨柳，采采生机出。潜心步去，逍遥清爽时刻。

曾有多少欢愉，风流云散，回望全无迹。为问清风馀几许，当伴老夫朝夕。哪里吹箫，谁人鼓瑟，醉我悠闲客。舒身驻足，漫抚桥上栏石。

自注：《诗经·秦风·车邻》有句：『既见君子，并坐鼓瑟』

『既见君子，并坐鼓簧』。

图书在版编目（CIP）数据

乐斋词·贰 / 纪宝成著. -- 北京 : 团结出版社，2019.9

ISBN 978-7-5126-7324-3

Ⅰ. ①乐… Ⅱ. ①纪… Ⅲ. ①诗词—作品集—中国—当代 Ⅳ. ① I227

中国版本图书馆 CIP 数据核字 (2019) 第 188140 号

出　版：团结出版社

（北京市东城区东皇城根南街 84 号　邮编：100006）

电　话：（010）65228880　65244790

网　址：http://www.tjpress.com

E-mail：zb65244790@vip.163.com

经　销：全国新华书店

印　装：三河市宏盛印务有限公司

开　本：150mm × 230mm　16 开

印　张：29.25

字　数：113 千字

版　次：2019 年 9 月　第 1 版

印　次：2019 年 9 月　第 1 次印刷

书　号：978-7-5126-7324-3

定　价：68.00 元